Avertissement de contenu

Violences physique et verbale, abus d'alcool, enlèvement.

Ce roman est une œuvre de fiction et peut contenir des scènes heurtant la sensibilité de certains lecteurs.

1
Ruby

Je dormais paisiblement, la tête appuyée contre la fenêtre de la voiture, quand j'entendis une voix m'appeler au loin. Après quelques secondes, le temps de reprendre mes esprits, je me rendis compte qu'elle était bien plus proche que je ne le pensais.

— Nous sommes arrivés, mademoiselle, m'annonça le chauffeur de taxi.

— Oh oui, bien sûr. Désolée de m'être assoupie.

Je fouillai dans mon sac à la recherche de billets, à moitié endormie.

— Ne vous inquiétez pas pour ça, me sourit-il.

Il accepta l'argent et sortit de la voiture afin de descendre mes valises.

Je me dirigeai vers l'entrée du campus. Le bâtiment était grand et entièrement peint en blanc. De jolis ornements bordaient ce dernier. Les sept rangées de fenêtres laissaient deviner un immeuble de sept étages, visiblement tous identiques. Tandis que je tirais mes deux valises, dont les roues tambourinaient sur le gravier, je vis des personnes de mon âge se retourner vers moi, ou plutôt vers l'origine de l'écho déplaisant. En guise de réponse, la plupart m'observaient d'un air agacé. En pénétrant dans le bâtiment, l'air frais qui sortait du climatiseur situé à l'entrée vint agréablement caresser mon visage. Après m'être assurée qu'il n'y avait personne derrière moi, j'arrêtai momentanément de tirer une de mes valises afin de repousser une mèche courte qui venait de s'affaler sur mon œil droit. J'en profitai aussi pour observer les deux seules personnes présentes dans la pièce. La réceptionniste assise derrière le comptoir semblait lassée par les requêtes du jeune homme qui, j'appris après quelques secondes d'écoute, voulait obtenir la clé de sa chambre : la numéro 15. Dos à moi, je ne pouvais voir le visage de ce dernier. Cependant, je pouvais tout de même admirer la souplesse de ses cheveux blonds. Coupés courts sur les côtés, les légères boucles qui trônaient sur le haut de son crâne ressemblaient à de l'or. En m'avançant pour attendre mon tour, je remarquai un tatouage dépasser du haut de son t-shirt, au niveau de son cou. Cela ressemblait à une sorte de queue de serpent, mais je ne pouvais en être absolument certaine étant donné que je ne distinguais qu'une infime partie.

— Tes papiers, dit la réceptionniste froidement.

— Passez-moi les clés, je vous ai déjà montré mes papiers.

— Je dois les revoir.

— Non, mais vous êtes sérieuse ? Vous venez de les regarder, rétorqua le garçon aussi peu amène qu'elle en finissant par lui tendre ses documents en question.

Lorsqu'elle ne le remercia pas en retour, j'en déduisis qu'ils n'étaient ni l'un ni l'autre très chaleureux. Quand elle finit par lui donner la clé de sa chambre, il se retourna, sans doute pour voir qui était derrière lui après avoir entendu mes pas, et ses yeux marron-vert se mirent à me fixer d'un air assez perplexe. Je fus bouche bée face à tant de beauté. Mes yeux qui d'abord fixaient les siens finirent par se défaire de son regard afin de parcourir l'ensemble de son corps. Il portait un haut noir moulant, accompagné d'un jean délavé. Mon attention se bloqua sur l'encre qui dépassait de la manche de son t-shirt : un trait fin légèrement incurvé, comme la tige d'une fleur. Après avoir passé plusieurs secondes à observer la finesse de ce trait, je l'entendis m'adresser la parole :

— Bon, t'as fini de me regarder pour que je puisse m'en aller ou pas ? me demanda-t-il avec un sourire narquois plaqué sur son visage.

Sa remarque me fit redescendre sur Terre.

— Quelle arrogance dis donc, je souris, surprise par son intervention verbale. Ne t'inquiète pas, je ne te retiens pas plus longtemps.

Il semblait si méprisant que je ne me gênai pas. J'espérais sincèrement que ce n'était pas une personne que je reverrais de sitôt. Il me regarda un instant de travers.

J'attendis que le blond prenne son sac et s'en aille, avant de m'avancer vers la réceptionniste qui s'impatientait, le bras tendu, déjà prêt à recevoir mon dossier.

— Bonjour, madame, je viens d'arriver et…

— Ton nom et ta carte d'identité, me dit-elle d'un ton sec.

— Lenoir, répondis-je en lui tendant ma carte d'identité.

Après avoir vérifié sur l'ordinateur, elle eut un sourire peu rassurant et me souhaita bonne chance en me tendant le plan du campus avec mes horaires de cours ainsi que la clé de ma chambre.

— Pourquoi cela ?

Elle m'indiqua alors que je logeais dans la chambre 15.

— Merci, lui dis-je avant de récupérer mes affaires.

Après quelques secondes de réflexion sur la raison de son commentaire, je me rendis compte que j'avais déjà entendu parler de la chambre 15 auparavant. Et que je devais partager ma chambre avec le blond arrogant.

— Non ! Je ne veux pas être dans sa chambre, moi ! Et puis c'est un garçon, et je suis une fille, m'exclamai-je, sidérée, en me redirigeant vers la réceptionniste.

— Il y a des chambres mixtes ici, il va falloir que tu fasses avec. Tu as quelque chose contre les garçons ? Serais-tu sexiste par hasard ? gronda-t-elle d'un ton menaçant.

— Eh non, ça va aller, murmurai-je, assez troublée, avant de m'éloigner du comptoir.

Je ne savais pas comment survivre neuf mois entiers avec un garçon de la sorte. En plus de cela, je n'avais jamais imaginé ne pas être placée avec une fille. Soit, je ne passerais pas beaucoup de temps dans ma chambre étant donné que j'aimais ma routine d'aller étudier à la bibliothèque depuis le lycée. Je pensais à ce que je pourrais faire avant la rentrée des cours quand je me rendis compte que, tête en l'air, j'avais oublié mes valises à la réception. Je râlai en retournant à l'accueil afin de récupérer mes bagages et montai les escaliers.

Une fois devant la chambre, je réfléchis à ce que j'allais lui dire. Le fait qu'il m'ait fusillée du regard avant de partir ne me rassurait absolument pas. Je m'étais imaginé toute une conversation, alors que lorsque j'ouvris la porte je n'y trouvai personne.

Je découvris une pièce peinte en blanc, disposée symétriquement. Se situaient de chaque côté un lit, un bureau ainsi qu'une armoire avec un miroir. Avant de tout déballer, je sortis de ma chambre et repérai les toilettes et les douches communes situées à quelques couloirs de là.

Au bout de deux bonnes heures de rangement, la porte s'ouvrit à la volée. Le blond était arrivé, bien évidemment décidé à faire une entrée fracassante. Je fis comme s'il n'était pas là, le temps qu'il prenne en compte ma présence, mais il ne fit rien de cela. Après plusieurs dizaines de minutes, il finit de déballer ses affaires.

— C'est toi, la fille avec qui je suis supposé partager la chambre pendant toute une année ?

— Oui, répondis-je d'un ton neutre.

— Super ! s'exclama-t-il avec sarcasme. Je vais me taper une meuf qui se chauffe à la moindre réflexion comme coloc.

— Je te demande pardon ? Je n'ai jamais voulu être avec un type comme toi, ou avec un mec tout court, donc fous-moi la paix ! le fusillai-je du regard.

Je n'étais pas de nature agressive, mais j'étais tellement fatiguée par les heures de train et le peu de sommeil que j'avais eu la nuit précédente que je n'avais absolument ni l'envie ni la force d'affronter un idiot de la sorte.

— On se rebelle alors ? Madame aurait-elle une face cachée dont je ne serais pas au courant ?

— D'une, tu ne me connais pas, et de deux, de quoi je me mêle ?

Nous avions à peine échangé quelques paroles que je me retrouvais déjà épuisée et avais l'impression d'en avoir eu ma dose pour l'année. Je décidai, sans lui adresser un regard, de prendre la clé et de sortir de la chambre. En ouvrant la porte, je découvris deux garçons sur le point de toquer. Les deux étaient bruns aux yeux marron. Celui à ma droite avait les cheveux coupés très courts, était plutôt grand et fin tandis que celui à ma gauche avait les cheveux un peu plus longs, était plus musclé et légèrement plus petit. Je n'avais absolument aucune idée de ce qu'ils faisaient là sans bouger ni parler. Ils alternaient un regard curieux entre le blond qui se trouvait dans la chambre et moi.

— Je peux vous aider ? lançai-je pour rompre le silence.

— On est là pour voir Ralph, me sourit le garçon de droite. Ça te ne dérange pas qu'on entre ? Je m'appelle Nathan, d'ailleurs.

Son ton courtois et agréable me donna le sourire.

— Enchantée, lui souris-je. Et non, ça ne me dérange absolument pas.

Je me rendis alors compte qu'il venait de nommer mon colocataire. Non seulement il était beau à craquer, mais il avait aussi le meilleur des prénoms. Cependant, son caractère ne m'attirait pas le moins du monde. Je me décalai donc sur le côté afin de les laisser entrer et les deux garçons m'adressèrent un chaleureux sourire en guise de remerciements avant de saluer Ralph.

— Trop adorable ta coloc, dit le garçon dont j'ignorais le prénom.

— Une vraie emmerdeuse, lui répondit Ralph.

Nathan lui réprimanda alors d'être plus gentil, ce à quoi je ne pus m'empêcher de faire une remarque.

— Tu devrais écouter ton pote et péter un coup, dis-je avant de claquer la porte de la chambre.

2

Ruby

Il fallait avouer que l'extérieur du bâtiment ne reflétait absolument pas l'intérieur. Alors que l'extérieur était simplement blanc avec quelques ornements peints d'un léger doré, l'intérieur était bien plus riche en couleurs et garni en décorations. Après avoir vagabondé pendant une heure, j'avais fini par me trouver face à une énorme porte au-dessus de laquelle était gravé le mot « BIBLIOTHÈQUE ». Je décidai donc d'y entrer pour explorer lorsque quelqu'un en sortit précipitamment. La porte s'ouvrant sur l'extérieur, je fus celle qui se la prit à toute volée, me faisant ainsi basculer en arrière. Me retrouvant par terre et un peu sonnée, je ne regardai pas immédiatement la personne qui se tenait devant moi. Voyant qu'elle ne réagissait pas, je décidai de lever les yeux.

C'était un garçon, un peu plus vieux que moi, à en juger par son visage. Il avait des traits tirés probablement dus à la fatigue ainsi que des cernes sous les yeux. Il avait une structure crânienne assez flatteuse, mais n'inspirait pas confiance. C'était une simple intuition. D'ordinaire, j'évitais de porter des jugements hâtifs sur des inconnus, mais je me fiais tout de même à mon instinct, qui à ce moment-là me conseillait de ne pas trop m'approcher, voire de m'éloigner. Je m'attendais à ce qu'il me demande si j'allais bien ou si je voulais de l'aide, mais il n'en fit rien. Il m'observa assez longtemps à mon goût, me forçant ainsi à rompre ce tableau vivant en me relevant rapidement. Il continua alors de me scruter avec un regard assez déroutant, qui me mit mal à l'aise. Sans un mot, je tournai les talons et entrai dans la bibliothèque.

Je marchai vite en m'assurant qu'il ne me suivait pas ; je l'en pensais sincèrement capable. Une fois plus sereine, je regardai autour de moi et pus admirer la beauté de la bibliothèque, parfumée à l'ambre gris. Toutes ces étagères en bois sur lesquelles reposaient des années de pensées et d'écriture constituaient un vrai musée. En continuant à observer les alentours, je vis une multitude de tables autour desquelles des dizaines d'élèves lisaient. Cette vue était si paisible à observer que j'aurais pu y rester durant des années sans jamais m'en lasser. Je repris la marche dans ce lieu si magnifique que je finis presque par m'y perdre. En tombant sur le rayon des romances, je m'arrêtai afin de voir si j'en reconnaissais quelques-unes.

Effectivement, une dizaine de titres m'était familière et l'envie me prit d'en parcourir un.

Je consultais un énième roman lorsque mon regard s'arrêta sur ma montre : 21 h 20. Surprise, je me rendis compte que le temps s'était envolé et que je venais de passer quatre heures à feuilleter des livres. Après avoir jeté un dernier coup d'œil aux ouvrages qui reposaient sur l'étagère, je sortis de la bibliothèque tout en me demandant où je pourrais aller pour dîner. N'ayant pas le plan du campus, je me mis à la recherche de la cantine. Ne la trouvant pas au bout d'une demi-heure, je décidai de retourner à ma chambre dans l'espoir qu'il y aurait de quoi me nourrir dans mon sac. Je retrouvais, non pas sans quelques difficultés, le chemin vers ma chambre quand je tombai sur le garçon de tout à l'heure. Ne l'ayant pas vu avant, je sursautai légèrement en croisant son regard. Il laissa apparaître un sourire malicieux et s'arrêta devant moi. Je pensais initialement qu'il allait m'adresser la parole, mais il se retourna comme s'il attendait quelqu'un et une fille portant un débardeur peu couvrant et une mini-jupe on ne peut plus serrée lui sauta dans les bras. Il mit sa main sur le fessier de la demoiselle et tandis que sa langue tripotait celle de son amie, il me lança un regard peu rassurant, un regard qui me fit froid dans le dos. Je déglutis péniblement et les bousculai légèrement, décidée à m'éloigner le plus vite possible. Je retrouvai le couloir de ma chambre et réussis à y pénétrer en un rien de temps.

— Ah, t'es là, dit mon colocataire.

Je fronçai des sourcils, en ne comprenant pas la nature de sa remarque. De plus, j'étais déjà assez perturbée par le regard du garçon.

— Je vais juste pisser.

— Charmant, lui dis-je en le laissant passer.

Il partit alors sans ajouter un mot. Il avait en effet pris le soin de tirer les rideaux moyennement épais afin d'empêcher notre assassinat matinal par les rayons de soleil. Lorsque j'enlevai mes chaussures, je ne pus m'empêcher de remarquer qu'il avait laissé la clé de la chambre sur son bureau. Nous devions avoir une conversation à ce sujet. Jetant des coups d'œil à droite et à gauche, ne sachant quoi faire, je sortis mon ordinateur et m'installai sur mon lit lorsqu'il rentra.

— Ralph ? l'interrompis-je dans son élan vers son lit.

À la vue de son expression, je ne savais pas s'il était surpris que je lui parle ou que je connaisse son prénom.

— Comment est-ce que tu connais mon prénom ? me demanda-t-il froidement.

— Nathan t'a appelé de cette façon tout à l'heure.

Il sembla réfléchir quelques instants, le regard plissé.

— Ah oui. Et donc, tu veux quoi ?

— Est-ce que tu pourrais verrouiller la porte à clé dès que tu sors, même pour aller aux toilettes ?

— Ouais, je le ferai.

Je le remerciai, même si je savais pertinemment qu'il ne donnerait pas suite à mon remerciement. Ne sachant trop quoi faire, je décidai de traîner sur les réseaux sociaux, prenant au passage des nouvelles de quelques-uns de mes amis avec qui je n'avais pas échangé depuis la remise des diplômes. Je levai la tête quand j'échangeais des messages avec ma meilleure amie Rachel et vis que Ralph me fixait. Il détourna rapidement son regard. En entendant mon ventre gargouiller, je fouillai dans mon sac et trouvai une barre énergétique que j'avais achetée la veille. Au bout d'une heure, alors que je riais à une des blagues de Rachel par message, je sentis le regard pesant de Ralph de l'autre côté de la pièce.

— Tu devrais aller manger un plat correct.

— Je n'ai pas spécialement faim.

— Tu plaisantes ? Ton ventre gargouille comme si tu n'avais pas mangé depuis ce matin.

— Tu ne peux pas me lâcher un peu la grappe ?

— Si tu veux devenir anorexique, vas-y, continue, je t'en prie.

— Tu devrais faire attention au terme que tu utilises. L'anorexie, c'est une maladie grave à ne pas prendre à la légère, et tu ne devrais pas balancer ça comme ça.

— Ce n'est quand même pas sain de manger seulement une barre énergétique, tu devrais aller te prendre un repas correct.

— Parce que tu as mangé, toi ?

— Non, j'ai pas faim, je mangerai plus tard.

— Il est déjà 23 heures.

— Et alors ? fit-il en levant un sourcil.

J'étais bien trop fatiguée pour continuer à lui parler ; cette journée m'avait épuisée et j'avais l'impression qu'il aspirait toute mon énergie durant nos échanges. Je sortis de la chambre avec mon pyjama en main ainsi que ma trousse de toilette. Quand je regagnai la chambre, je ne jetai même pas un regard vers Ralph, je me mis dans mon lit, dos à lui, afin de lire sur mon téléphone. Au bout de quelques minutes, je l'entendis se lever du sien et enfiler ses chaussures. À ce que j'entendais, il avait aussi changé de haut et avait opté pour une chemise d'après le bruit du tissu.

— Tu veux que je ferme la porte à clé maintenant ?

— Je fermerai avant de dormir, donc prends quand même les clés.

Et il sortit sans un mot. Décidément, il allait falloir que je m'habitue à parler dans le vide, mis à part lorsque je répondais directement à une de ses questions. Je repris donc la lecture avec un léger soupir. Au bout de quelques chapitres, j'entendis une clé s'insérer dans la serrure et elle essayait de tourner, mais la porte n'était pas verrouillée. La porte s'ouvrit alors et je me retournai afin de vérifier que c'était bien Ralph. Il portait une chemise bleue et d'après le parfum féminin qu'il empestait, il avait dû passer les dernières heures avec une fille.

— Tu ne dors toujours pas ?

Il sembla surpris.

— Euh non, enfin il est quelle heure ? Minuit ?

— Il est 2 h 30 du matin.

Je ne m'étais pas rendu compte de l'heure tardive, si prise par ma lecture.

— Je ne pense pas tarder dans ce cas-là.

— Je reviens tout de suite donc pas besoin de verrouiller la porte derrière moi.

Il sortit se changer, ce qu'il fit *a priori* rapidement, étant donné qu'il était de retour au bout de deux minutes. Il éteignit la lumière et s'installa dans son lit. Je m'apprêtais à fermer les yeux lorsque je me rendis compte que je devais dormir avec un inconnu dans la chambre. J'avais été tellement absorbée par le fait que Ralph soit mon colocataire que je n'avais même pas pensé à cela. Me sentant mal à l'aise, je ne trouvai pas le sommeil immédiatement. Enfin, le sommeil si, mais la capacité à m'endormir, non. Je me retournai donc maintes fois et finis par sombrer dans un sommeil profond au bout de deux heures.

3

Ralph

Je regardai l'heure pour la énième fois : 4 h 37. Je détestais dormir dans la même pièce que quelqu'un d'autre, c'était plus fort que moi. Afin de rester éveillé, je repris l'écriture dans mon carnet. Bien que ce que j'écrivais n'avait plus de sens à une heure pareille, cela m'occupait assez. Mon carnet me servait d'échappatoire ; j'y gribouillais des dessins, j'écrivais des poèmes ou bien je posais des mots sur ma frustration. En entendant un soupir venant de l'autre côté de la pièce, je tournai la tête en direction de la fille. Il fallait avouer qu'elle était assez particulière, dans le sens où elle ne me sautait pas dessus comme toutes les autres filles, au contraire elle me repoussait. Et pour tout dire, cela me dérangeait de ne pas savoir pourquoi. Je ne m'attendais pas du tout à avoir un colocataire après tout ce qui s'était passé l'année précédente. J'avais dû changer de colocataires cinq fois, après tout. Je ne m'entendais avec aucune des personnes qui avaient été assignées à la même chambre que moi et j'avais demandé à être seul cette année, mais il s'était avéré qu'il y avait eu plus de résidents que prévu et donc tout le monde s'était retrouvé avec quelqu'un.

Je commençais à fermer les yeux et à sombrer dans le sommeil quand j'entendis un cri, suivi de violents sanglots. En me retournant, je vis qu'elle semblait se débattre de quelque chose, ou plutôt de quelqu'un. Après quelques secondes à espérer qu'elle s'arrête, je me levai et décidai de la réveiller pour mettre fin à son cauchemar. En m'approchant de son visage, je vis qu'il était plissé, ses sourcils étaient froncés et ses lèvres serrées. Je la secouai violemment, sachant qu'elle ne se réveillerait pas d'une simple tape à l'épaule. Ses yeux s'ouvrirent subitement la seconde qui suivit, révélant un regard terrifié. Je m'aperçus qu'elle revint à la réalité seulement lorsqu'elle cligna des yeux et se mit à regarder autour d'elle. À cet instant-là, je m'étais rendu compte que je n'avais jusque-là pas remarqué à quel point son visage était joli. Ses lèvres étaient magnifiquement dessinées. Elle ne m'avait *a priori* pas remarqué jusqu'au moment où elle écarquilla les yeux, ne devant pas s'attendre à se réveiller d'un cauchemar avec mon visage à quelques centimètres du sien.

Ruby

Je n'arrivais pas à me débattre, j'essayais de toutes mes forces, mais c'était un échec total. J'essayais d'enlever le scotch collé à ma bouche, mais je n'y arrivais tout simplement pas. Tout à coup, je sentis quelqu'un me secouer. Lorsque j'ouvris les yeux, je vis que j'étais dans ma nouvelle chambre universitaire. Je restai déconnectée quelque temps jusqu'à ce que je reprenne mes esprits. Ce fut à ce moment-là que je me rendis compte que quelqu'un me tenait par l'épaule. Ralph. Il me regardait de près et je ne sais pas si j'avais vu flou, mais je crus apercevoir de la pitié. M'apercevant que des larmes ruisselaient le long de mes joues, je les essuyai rapidement avec la manche de mon haut. Il me regarda alors avec hésitation et finit par se rallonger dans son lit. Je déglutis péniblement avant de lui demander si j'avais fait du bruit.

— Oui, me répondit-il d'une voix dépourvue d'émotions.

— Désolée.

— Tant que t'es sûre de ne plus me réveiller la nuit avec des hurlements comme ça, ça me va.

Je fus bouche bée. Je venais de passer un mauvais moment à revoir des scènes désagréables et ce garçon ne trouvait rien de mieux à dire.

— Tu penses sérieusement que je contrôle tout cela ? haussai-je d'un ton.

— Va voir un psy si c'est pas le cas.

— T'es vraiment un gros con pour parler sans savoir, lui dis-je sèchement.

— Peut-être, mais évite de me réveiller à cause de ça à l'avenir.

— C'est vraiment incroyable à quel point tu es sot, lui dis-je avant de me lever et de prendre un manteau, mes écouteurs, mon portable et mes clés.

J'enfilai mes chaussures à grande vitesse tandis qu'il me demandait où je comptais aller. Je ne pris même pas le temps de lui répondre et sortis de la chambre en prenant soin de claquer la porte. Comme si je n'étais pas déjà assez déboussolée, il se sentait obligé d'être méchant, je trouvais ça cruel étant donné les circonstances. Je me dirigeai donc dehors et me mis à marcher sous la lumière jaunâtre des lampadaires. Même si je me sentis inquiète de tomber sur de mauvaises rencontres à une heure pareille dans la capitale française, j'avais besoin de ne plus être dans cette satanée chambre. Je fus surprise de voir que je n'étais pas la seule dehors ; il y avait plusieurs groupes de personnes de mon âge à l'entrée du campus : deux étaient assis sur l'herbe tandis qu'un groupe se dirigeait vers l'entrée du bâtiment. Certains avaient *a priori* trop bu, au vu de leur démarche.

— Salut poulette, s'approcha l'un d'eux.

Il n'avait pas l'air très méchant à vrai dire. Avant même que je pus lui répondre, un de ses amis lui donna un petit coup de coude.

— Gros, laisse-la tranquille, rit-il. Désolé.

— Oh non, ce n'est rien. Passez une bonne nuit.

— Merci, dirent-ils en s'éloignant.

Je continuais ma marche dans la lumière bleue émise par la pleine lune après avoir enfoncé mes écouteurs dans mes oreilles. J'eus le temps de découvrir les ruelles et magasins aux alentours de mon logement durant deux bonnes heures. Le soleil commençait à se lever lorsque je me décidai à rentrer. Les deux groupes qui étaient assis sur l'herbe étaient toujours là, à ma grande surprise. Je fus encore plus surprise de voir Ralph éveillé à mon arrivée. Il était allongé sur le lit en train de rédiger quelque chose sur un carnet. Il semblait si absorbé par l'écriture qu'il ne remarqua ma présence que lorsque je claquai la porte afin d'attirer son attention. Il fit alors tomber son carnet et se releva rapidement. Une fois retourné, il me demanda ce que j'avais fait pendant tout ce temps.

— Ce ne sont en aucun cas tes oignons, à ce que je sache, lui dis-je en enlevant mon manteau ainsi que mes chaussures.

— Si, étant donné que tu déranges mon sommeil à faire des cauchemars, à sortir et à rentrer à n'importe quelle heure. Si c'est comme ça, je vais demander à changer de chambre dès demain.

— Vas-y, parce qu'honnêtement, je me vois mal passer l'année avec toi, lâchai-je en m'installant dans mon lit.

Je l'entendais se tortiller sur son matelas, mais je préférais tout de même rester dos à lui. Sentant le sommeil prendre possession de mon corps, je fermai les yeux avec un soupir de soulagement après cette nuit assez agitée.

4

Ruby

J'ouvris progressivement les yeux qui se retrouvèrent perforés par la lumière du soleil, bien que tamisée par le rideau. Je mis quelques minutes à m'habituer à la lumière avant d'observer les alentours. Le lit simple de l'autre côté de la pièce était vide et Ralph n'était nulle part en vue. Entendant des voix dans le couloir et une circulation importante par la fenêtre, je vérifiai l'heure et vis qu'il était déjà midi passé. J'allais verrouiller mon téléphone lorsque je reçus un appel vidéo de ma mère. Son visage apparut la seconde d'après, tout joyeux et rayonnant.

— Bonjour mon amour ! s'écria-t-elle en s'asseyant sur le canapé du salon.

— Bonjour maman, comment vas-tu ?

— Je vais bien, et toi alors ? Le lit est confortable ?

— Oui, j'ai très bien dormi.

— C'est ce que je vois, rit-elle en remarquant mes cheveux ébouriffés.

— Et toi ? Comment as-tu dormi ?

— Bien ma chérie. Alors, raconte un peu, tu as rencontré des personnes ?

— Euh, juste la réceptionniste et quatre garçons.

Dis comme ça, ça semblait assez douteux.

— Laisse-moi t'expliquer, ricanai-je en voyant son expression faciale. Quand je suis entrée dans le campus, il y avait la réceptionniste, pas très charmante. Ensuite, il y a eu un gars hyper arrogant, qui s'avère être mon colocataire pour le restant de l'année. Quoique… il m'a dit qu'il demanderait à changer parce que l'on ne s'entend pas du tout. Ensuite, il y a eu un ami de mon colocataire, très gentil et respectueux. Ensuite, un garçon qui paraît relativement douteux. Et puis enfin, une personne inoffensive qui m'a accostée, mais qui est partie lorsque son ami lui a dit d'arrêter.

— Tu as un garçon en tant que colocataire ! hurla-t-elle.

À la vue de son expression, je ne savais pas si c'était un choc positif ou négatif. Nous étions très proches, mais elle pouvait aussi être assez suspicieuse lorsqu'il s'agissait de garçons. Elle avait entièrement confiance en moi, mais pas en ce qui concerne les garçons.

— Il est gentil ? Est-ce qu'il t'inspire confiance ?

— Euh… Je ne sais pas, mais on ne s'entend pas du tout.

— Pourquoi ?

— Eh bien, je dirais que nos personnalités sont incompatibles. Dès que nous avons une discussion, il m'exaspères et je me sens vidée de mon énergie, ce qui n'est pas du tout *good vibes*.

J'entendis ce qui me semblait être la porte d'entrée de la maison de mes parents s'ouvrir. Quelques secondes plus tard apparut mon père à l'écran. Il ne s'était pas rasé le matin même, d'où l'apparition de petits cristaux sur sa mâchoire.

— Bonjour poupée !

— Bonjour papa, tu vas bien ?

— Ça va et toi ? Tu t'es bien installée ?

— Oui, lui répondis-je d'un énorme sourire.

Je m'apprêtais à lui raconter le voyage de Saint-Tropez jusqu'à Paris lorsque ma mère me devança et lui dit que je partageais la chambre avec un garçon.

— Quoi ? Un garçon ? Comment ça, un garçon ? Qu'est-ce que c'est que ce campus ?

— Papa, respire ! Ne t'inquiète pas, il ne me fera pas de mal.

— Je ne suis tout de même pas rassuré, me dit-il avant de s'adresser à ma mère. Tu sais ce qu'elle a vécu, j'ai peur qu'elle ne sente pas bien.

— Papa, je t'entends, mais ne t'inquiète pas du tout, ce n'est pas la même situation, je gère.

— T'es sûre ? Si ça ne te convient pas, on peut te prendre un appartement.

— On en a déjà parlé. Hors de question que vous me payiez un appartement dès la première année.

— Tu es sûre ? Parce que si tu ne te sens pas bien, il n'y a pas d'argent à prendre en compte.

— Oui, j'en suis sûre, le rassurai-je.

Je vis à son visage qu'il acceptait de me laisser gérer la situation. Notre conversation dura encore une trentaine de minutes avant de s'interrompre pour le déjeuner.

— Bien sûr ma chérie, passe une bonne journée, me sourit ma mère.

— Bisous, je vous aime.

Je leur envoyai des bisous volants avant de raccrocher.

Après m'être étirée, je décidai d'aller me doucher avant de me changer en une robe d'été noire à petits pois. Après une longue balade tout en croquant dans un sandwich, je fis des courses afin de décorer ma chambre. En rentrant, je croisai Ralph à deux pâtés du campus, accompagné de Nathan.

— Hé, la coloc ! Tu vas bien ?

— Salut Nathan, je vais bien merci et toi ?

— Tranquille. Alors, comme ça, rude nuit hein, me sourit-il en observant la réaction de Ralph.

Ce dernier me regarda étrangement avant de tourner la tête vers son ami et lui adresser un regard noir.

— Oui, il veut changer de coloc donc bon, lui dis-je, ça ne durera pas.

Nathan ne répondit rien, mais son sourire en disait beaucoup. Je ne pouvais en dire de même sur Ralph étant donné qu'il avait une expression faciale neutre, probablement une façade pour ne pas montrer ce qu'il pensait. L'atmosphère étant pesante, je décidai d'y mettre fin rapidement en leur disant que je devais rentrer.

— Tu ne veux pas venir avec nous ? me demanda Nathan.

Pour rien au monde je n'aurais accepté cette invitation. D'après la moue incrédule de Ralph, il était du même avis.

— Navrée, mais j'ai beaucoup de choses à faire, lui dis-je en soulevant mes sacs de courses pleins à craquer.

— Une prochaine fois alors.

— C'est ça, souris-je avant de continuer vers le campus.

J'allais ouvrir la porte de la chambre quand je croisai le garçon bizarre de la bibliothèque. Il ralentit en passant près de moi et me déshabilla du regard. La proximité ne m'aidait pas à me sentir sereine. Je me dépêchai d'entrer dans la chambre et de claquer la porte derrière moi afin de lui faire comprendre que son regard n'était pas apprécié. Je plantais un clou lorsque Ralph pénétra dans la chambre. Son entrée s'étant faite brusquement, je me tapai le doigt avec le marteau en sursautant.

— Ça va ? demanda-t-il en venant rapidement vers moi.

Je fermai les yeux et fronçai des sourcils sous le coup de la douleur tout en mettant mon doigt dans la bouche. Je n'osais pas bouger pendant quelques secondes, en attendant que la douleur s'atténue.

— Laisse-moi voir.

J'ouvris alors les yeux, retirai mon doigt de la bouche, me rendant compte de mon comportement enfantin, et lui souris.

— Ça ne me fait même plus mal, répliquai-je en m'éloignant de lui.

— Ton doigt est rouge, bien sûr que ça te fait mal. Laisse-moi regarder.

Je voulus lui montrer que ce n'était rien, mais la douleur prit le dessus et me fit grimacer. Mon doigt commença alors à légèrement gonfler.

— Attends ici, je reviens, dit-il en partant rapidement.

Je n'eus même pas à attendre deux minutes qu'il revienne avec des glaçons dans un sopalin. Il posa le tout sur mon doigt en m'ordonnant de le garder plusieurs minutes. Sa respiration était saccadée, montrant bien qu'il avait couru pour aller les récupérer. Où cela ? Je n'en avais pas la moindre idée. Compte tenu de la douleur, je n'envisageais pas de lui demander. Alors que je m'assis sur mon lit, il finit de planter le clou et accrocha le tableau en liège qui reposait sur le bureau.

— Tu n'étais pas obligé de faire cela, l'en informai-je.

— Je sais, mais en le faisant, j'évite d'engendrer d'éventuels suraccidents, dit-il le dos tourné.

Je hochai la tête en guise de réponse et attendis sagement que la douleur diminue.

— Ça va mieux maintenant ? me demanda-t-il au bout d'une dizaine de minutes.

— Oui, beaucoup mieux, lui dis-je en vérifiant que mon doigt avait dégonflé.

Je repris alors mes activités et finis de décorer la chambre, tandis que Ralph était tout simplement sur son téléphone, assis sur son lit. J'accrochai alors des photographies où je figurais avec mes parents ainsi que d'autres avec ma meilleure amie Rachel. Je n'arrivais pas à croire que cela faisait sept ans que nous étions inséparables, que je l'avais connue la première année de mon collège. Elle avait un cœur si pur que penser à elle me donnait toujours le plus grand des sourires. À côté de nos photos, je rajoutai celles de mes cousines, que je considérais comme mes sœurs depuis mon plus jeune âge. Nous passions toutes nos vacances d'été ensemble. En me posant sur le lit, je sortis mon téléphone afin de parcourir rapidement les réseaux sociaux quand je tombai justement sur une photo de ma meilleure amie avec son copain. Ils étaient si mignons. Bien qu'il y eût des hauts et des bas, j'étais on ne peut plus heureuse qu'elle ait quelqu'un qui inspire tant confiance. En continuant de descendre dans le fil d'actualités, je vis une publication d'une de mes cousines. Par conséquent, je décidai de l'appeler sans attendre.

Elle finit par décrocher.

— Allô ?

— Coucou ! Comment ça va ?

— Rubz ! hurla-t-elle de l'autre côté de l'appel. J'avais pas vu que c'était toi. Comment ça va ? Je suis si désolée de ne pas pouvoir te voir aujourd'hui et t'aider avec ton emménagement. J'ai vraiment essayé de dissuader mes parents, mais ça n'a pas marché.

— Ema, arrête de t'inquiéter, je t'ai dit que ça ne me dérange pas que l'on se voie demain. En plus, j'ai vraiment très peu d'affaires.

— Je sais, mais quand même, je t'avais dit que j'allais t'aider... Je suis dispo à partir de 10 heures demain, si ça te va.

— Oui bien sûr, toujours à Saint-Lazare ?

— Oui. Désolée, je dois te laisser, on se parle par message cet après-midi ?

— Bien sûr, allez bisous !

— Au revoir ! dit-elle avant de raccrocher.

Cela me faisait toujours tellement plaisir de lui parler et j'avais tellement hâte de la voir ! Elle avait toujours envie d'aider le monde entier alors qu'elle n'avait que peu de temps pour elle. Elle m'avait envoyé mille messages d'excuses de ne pas pouvoir m'aider alors que cela m'importait si peu, je voulais seulement la voir le plus tôt possible.

5

Ruby

J'entrai dans la gare Saint-Lazare qui se situait dans le VIIIe arrondissement, non loin de mon campus. Malgré l'heure matinale, il y avait des centaines de personnes présentes, certaines prenaient leur café avec un journal à la main tandis que d'autres semblaient pressées afin de ne pas louper leur train. Alors que je rêvassais en observant une famille de 5, mon téléphone vibra dans mon sac à main.

— T'es où ? cria-t-elle au combiné.

— Je suis près d'un café à l'entrée principale, et toi ?

— Je suis pas loin de toi alors.

Je scannais les environs à la recherche d'Ema et mes yeux s'arrêtèrent en voyant la longue et fine silhouette de ma cousine. Elle avait coupé ses beaux cheveux noirs jusqu'aux épaules et était légèrement maquillée. Je vis qu'elle avait gardé la robe de soirée qu'elle avait déjà probablement portée la veille et pour tout dire, ça lui allait comme un gant ; l'ourlet lui arrivait jusqu'aux genoux et le haut dévoilait sa silhouette ainsi que ses courbes parfaites. Cela faisait six semaines que je ne l'avais pas vue, mais elle m'avait tout de même manqué. Étant donné que nous avions grandi ensemble, nous ne pouvions nous empêcher de ressentir de la peine dès que nous étions éloignées par neuf heures de route. Lorsqu'elle me vit, elle lâcha un cri de surprise malgré le monde autour d'elle et se rua en ma direction. On s'enlaça si fort qu'on faillit tomber à la renverse. J'étais heureuse de sentir de nouveau son parfum à la rose, et il fallait dire qu'il me donnait l'impression d'être à la maison.

— Tu m'as tellement manqué cette année, ça a été vraiment dur, me dit-elle avant de se mettre à sangloter.

— Je sais, mais t'inquiète pas. On ne va plus se séparer à présent. Je vais rester ici pendant des années, sinon pour toujours.

Elle s'écarta et sécha ses larmes avant de me dire que j'avais raison en hochant précipitamment la tête. Nous pleurions à chaque fois que nous devions nous dire au revoir et en grandissant, c'était devenu de plus en plus dur, car notre complicité ne faisait que grandir. Mais maintenant que j'étais à Paris, nous étions séparées d'une dizaine de kilomètres, et non de neuf cents comme avant.

— Ça te dit d'aller dans mon campus, histoire que tu te rafraîchisses ? On pourra sortir après.

— Oui, avec grande joie, me sourit-elle malgré ses yeux rougis et brillants.

Nous entrâmes dans mon bâtiment une vingtaine de minutes plus tard. Je la guidais en direction des escaliers lorsque Nathan m'interpella.

— Hé, la coloc !

Je me retournai alors et vis Nathan se diriger vers nous. Je lui souris en guise de réponse tout en voyant Ralph et un autre garçon. En regardant rapidement aux alentours, je vis que personne d'autre n'était là.

— Tu vas bien ? me demanda-t-il une fois arrivé à notre niveau.

— Ça va, écoute, et toi ?

Il fallait dire que j'étais surprise par son comportement et sa gentillesse. Il me connaissait à peine, mais laissait paraître comme si nous étions de grands amis. Et pour tout dire, cela me faisait du bien, il me mettait à l'aise, contrairement à son cher ami Ralph.

— Je vais bien merci, sourit-il authentiquement en regardant Ema. Je m'appelle Nathan, ravi de te rencontrer.

— Moi c'est Ema, je suis la cousine de Ruby.

En voyant que les deux amis de Nathan me fixaient, je décidai de les regarder ouvertement. Ralph tourna rapidement la tête tandis que son ami me fixait d'un air étrange, très peu rassurant, comme si le garçon de la bibliothèque ne suffisait pas. Troublée, je détournai rapidement mon attention et me mis à parler à ma cousine et Nathan. Tandis que la conversation se poursuivait, Ralph ne semblait pas avoir l'intention de nous rejoindre. Cependant, d'après le regard insistant de son ami détaillant désormais Ema, je ne pouvais en dire de même le concernant. Il s'approcha de nous et Nathan fit les présentations. Le prénommé Pierre souriait d'une manière qui ne me rassurait pas, mais Ema ne semblait pas vraiment s'en apercevoir. Il nous posa quelques questions de base avant de se retirer de la conversation. Au bout d'une dizaine de minutes à papoter avec Nathan, Ralph décida enfin de parler, commençant à s'impatienter.

— Bon les gars, on y va ou pas ?

— Ouais, on y va. Bon, on vous laisse les filles, nous dit alors Nathan.

— À la prochaine, leur répondit ma cousine.

Nous tournions les talons pour repartir quand Pierre murmura d'une manière dérangeante quelques mots à peine audibles.

— À plus, canon.

Nous nous retournâmes toutes les deux et vit qu'il fixait ma cousine avec un sourire narquois. Les deux autres s'étant retournés pour partir, ils n'assistaient donc pas à la scène. En voyant l'éclat pervers dans les yeux de Pierre fixés sur le corps de ma cousine, je ne pus m'empêcher de me laisser gagner par la colère et le dégoût. J'étais particulièrement protectrice d'Ema. S'il s'était adressé de cette manière-là à quelqu'un d'autre ou à moi, je serais partie en murmurant quelques paroles.

— Détourne *immédiatement* ton regard répugnant de ma cousine, le prévins-je, n'avise ne serait-ce que de t'approcher d'elle et je te le ferai sincèrement regretter.

Je fus stupéfaite de voir son sourire s'agrandir à mes mots. Voyant qu'il osait reporter son attention non désirée sur le corps de ma cousine et l'observer d'une manière écœurante, je m'apprêtais à le gifler quand ma cousine anticipa mon mouvement en me prenant le bras et me tirant en arrière.

— Laisse, Rubz, il n'en vaut pas la peine, murmura-t-elle tout bas, de sorte que je sois la seule à l'entendre.

Ralph et Nathan, probablement dû au fait que Pierre ne les avait pas rejoints, s'étaient à présent retournés vers nous. Pierre me regarda droit dans les yeux, approcha sa main de ma joue, et la caressa. Surprise et dégoûtée par son geste, je fus comme tétanisée quelques secondes.

— Oh, mais poupée, ta cousine ne sera qu'un divertissement pour le moment, ne sois pas jalouse, c'est toi qui me plais le plus.

Il était complètement fou de dire des choses pareilles. Malgré le fait que je voulais paraître insensible à ses mots, ma nature sensible prit le dessus et je sentis les battements de mon cœur s'accélérer. Je déglutis alors péniblement.

— Tu as vu tes… commença-t-il quand quelqu'un lui saisit le poignet, afin de l'écarter de mon visage.

En faisant défiler mon regard afin de voir qui était venu à mon aide, je m'aperçus que ce n'était personne d'autre que Ralph. Il sembla paraître indifférent, cependant sa mâchoire légèrement contractée témoignait d'une certaine émotion.

— Laisse-la mec, regarde-la, c'est une meuf à deux balles, elle n'en vaut pas le coup, dit-il à ma plus grande surprise.

Je pensais qu'il allait lui dire de me laisser tranquille, mais non. Au lieu de cela, il devait me rabaisser devant l'autre. Je me sentais pathétique d'avoir cru qu'il prendrait ma défense. Pierre, qui ne s'attendait probablement pas à une intervention de Ralph, le regarda avant de se retourner vers moi.

— Non, elle me plaît cette meuf et je vais me la taper.

Il tourna les talons et sortit du bâtiment en me laissant plantée là, mon corps parcouru de frissons.

Ralph n'avait pas bougé. Il se tenait toujours là, devant moi. Des larmes me picotèrent les yeux alors que j'avalais péniblement. J'étais trop désemparée pour contrôler une quelconque émotion. Me voyant dans cet état-là, je compris qu'il allait me dire quelque chose, mais je le devançai.

— Ne gaspille surtout pas ta salive pour une meuf à *deux balles*.

Sur ce, je tournai les talons, coinçai l'avant-bras de ma cousine dans le mien et nous montâmes l'escalier.

6

Ruby

J'eus suffisamment de temps pour reprendre mes esprits avant d'arriver dans ma chambre. Ce qui m'agaçait le plus était que Ralph pensait qu'il avait le droit de me traiter comme une moins que rien dès que l'envie lui prenait. Son regard et ses propos m'avaient plus que dégoûtée et j'espérais réellement qu'il était allé voir l'administration pour effectuer un changement de chambre.

— C'est vraiment le plus gros des cons, j'te jure ! hurla ma cousine, à peine entrée dans ma chambre.

Ne sachant de qui elle parlait entre Pierre et Ralph, je n'osai pas répondre.

— Me traiter de divertissement comme si j'étais à sa disposition et comme s'il pouvait nous regarder aussi salement, quel con ! dit-elle en répondant à ma question.

— Non, mais oui, lui répondis-je, n'importe quoi, je ne sais vraiment pas ce qui leur passe par la tête à ce genre de personnes, vraiment…

— Mais tu avais déjà vu ce pervers ?

— Oui, enfin rapidement, hier.

Elle était sur le point de me répondre lorsque le décor de la chambre l'engloutit.

— C'est *hyper* mignon ici ! s'exclama-t-elle. J'imagine que le côté gauche est ton côté au vu de la déco, mais tu m'avais pas dit que tu avais une coloc ! Je peux la rencontrer ? Elle est sympa ?

J'expirai alors bruyamment en fermant les yeux avant de la regarder désespérément.

— Je n'ai pas une coloc, mais un coloc…

En état de choc, elle ouvrit grand la bouche tout en écarquillant les yeux. Après être restée paralysée pendant plusieurs secondes, elle me harcela de questions sur l'identité, le caractère et le physique du garçon.

— C'est le blond tatoué que nous venons de voir.

— Le con qui n'arrêtait pas de te fixer et qui t'a traitée de meuf à deux balles là ? s'exclama-t-elle.

— Oui.

— Oh, mon Dieu ! C'est ton colocataire pendant toute une année ? Mais comment se fait-il que les garçons et les filles soient mélangés ?

— Jusqu'à juin oui, enfin il m'a dit qu'il demanderait à changer, mais je ne sais pas s'il a fait sa demande. Quant à la mixité, aucune idée. On m'a envoyé bouler quand j'ai demandé.

— Et d'après ce qu'il vient de se passer, c'est pas l'amour de ta vie.

— Oh que non, on en est très très loin.

— Eh bien, fais attention parce qu'on dit que la haine est souvent la préface de l'amour.

— Tais-toi. Ça te dit de te changer dans une tenue plus confortable, histoire de sortir se balader, déjeuner ?

À la vue de son sourire, il n'y avait *a priori* pas de meilleur plan possible. J'avais aussi besoin de désespérément changer mes idées après l'interaction avec Ralph et Pierre. Je ne voyais pas comment Nathan était ami avec des personnes pareilles. Une dizaine de minutes plus tard, nous sortions du campus. Plusieurs heures après, avec plusieurs sacs de shopping et un ventre bien rempli à la suite d'un délicieux dîner près de la Seine, nous rentrâmes dans ma chambre, essoufflées. Ce fut avec bonheur que je vis que l'autre n'était pas là. Je m'allongeai alors sur mon lit et fermai les yeux quand elle me secoua violemment.

— Pourquoi tant de violence ? lui demandai-je, les sourcils froncés.

— Parce que la soirée n'est pas finie !

— Tu rigoles ? Je suis crevée.

— Et si on allait en boîte ?

— Je suis super fatiguée…

— Mais Ruby, réfléchis ! Aujourd'hui est la seule soirée où tu pourras t'amuser inconditionnellement, sans travail, juste toi et moi. T'auras beaucoup de travail cette année et tu ne pourras plus t'éclater sans stress comme tu le ferais ce soir.

Elle n'avait pas tort sur ce point-là. Je l'observai un instant et lui souris. Elle comprit directement le message et sautilla de joie. Alors qu'elle allait me sauter dessus, Ralph entra, suivi de Nathan. Les apercevant, elle s'arrêta en plein élan, mais s'étant déjà avancée vers moi, elle finit par chuter. Naturellement, j'éclatai de rire à la vue de ma cousine affalée par terre.

— Oh, mon Dieu, ça va ? demandai-je tout en riant.

Elle se mit alors à trembler et je commençai à m'inquiéter, n'entendant aucun son de sa part. Alors que je me penchais pour m'assurer qu'elle allait bien, elle se retourna brusquement sur le dos et riait tellement qu'elle n'émettait aucun son. Nathan se mit à glousser près de nous, nous rappelant alors que nous n'étions plus seules dans la pièce, de façon incontrôlable. Cependant, il s'avança tout de même vers ma cousine afin de l'aider à se relever. Je jetai rapidement un coup d'œil vers Ralph et vis qu'il ne riait pas, même si j'aperçus tout de même un petit sourire au coin de ses lèvres. Sa posture demeurait néanmoins intimidante, l'aidant à maintenir une certaine distance avec toutes les personnes qu'il croisait.

Après quelques échanges avec Nathan, tandis que Ralph était sur son téléphone, installé sur son lit, nous sortîmes de la chambre afin de nous préparer dans la salle de bain. Après une douche bien rafraîchissante, je me vêtis d'une robe rouge cintrée qui m'arrivait jusqu'à mi-cuisses tandis que ma cousine avait opté pour une de mes tenues, une robe de cocktail courte bleu marine. En repassant dans ma chambre pour déposer nos habits de la journée et attraper nos pochettes, Nathan ne se retint guère de nous complimenter.

— Bien le merci, lui souris-je sincèrement en cherchant ma pochette.

Tout était calme le temps de quelques secondes jusqu'à ce que la personne avec qui j'avais le moins envie de converser brisa le silence.

— Tu comptes rentrer vers quelle heure ?

— Je ne sais pas, je verrai, mais je tâcherai de ne pas faire trop de bruit en revenant, lui répondis-je d'un ton froid après l'altercation de ce matin.

Pensait-il vraiment que j'allais faire comme si de rien n'était après ses propos ? En trouvant rapidement ma pochette dans un de mes tiroirs, je dis un bref au revoir à Nathan avant de sortir à toute vitesse, suivie de près par Ema.

— Ça va ?

— Oui oui, c'est juste que ce qui s'est passé ce matin avec Ralph ne m'a pas fait hyper plaisir, donc je ne m'attendais pas à ce qu'il m'adresse la parole avant un certain temps.

— Je comprends, mais oublie-le parce qu'on va s'éclater ce soir !

— Oui !

7

Ruby

Cela faisait trois bonnes heures que nous dansions frénétiquement. Avec les cinq Cosmos que nous avions engloutis, la seule chose que nous voulions faire était de danser.

— On va s'asseoir ? hurlai-je à l'attention de ma cousine.

— Quoi ?

— On va s'asseoir ?

— Bonne idée, articula-t-elle avant de me prendre la main et de me diriger vers le bar.

Alors que je regardais les personnes danser, j'eus un flash, comme si j'avais oublié une chose vitale. Je fouillai alors dans ma pochette et trouvai tout sauf une chose essentielle.

— Merde, mes clés !

Ma cousine me regarda et, espérant un quelconque réconfort de sa part, je fus rapidement déçue en la voyant éclater de rire.

— Je sens qu'il y en a une qui va dormir dehors aujourd'hui.

Je réfléchissais alors à un moyen d'entrer dans ma chambre, mais n'ayant ni le numéro de Ralph ni celui de Nathan, je ne pouvais contacter aucun des deux pour m'ouvrir. J'étais définitivement maudite.

— Bah, écoute, je pense que je suis prête à dormir devant la porte jusqu'à ce que l'autre se réveille.

— Tu peux venir dormir chez moi sinon, me proposa-t-elle.

— C'est gentil, mais je ne pense pas avoir la foi de faire le retour demain matin.

— Je comprends.

— J'essayerai de toquer et puis avec un peu de chance, il est sorti donc il arrivera peut-être après moi.

— Tu veux rentrer maintenant alors ?

— Ah non ! Comment pourrais-je rentrer alors que la soirée ne fait que débuter ?

On s'installa à une table et on parla de tout et n'importe quoi. Alors que j'éclatais de rire à l'une de ses blagues, un homme d'une trentaine d'années s'assit à côté de moi. Je soupirai et lui fis clairement comprendre qu'il n'était pas le bienvenu.

— Oh, ça va poupée, on peut s'amuser, non ?

— Très clairement pas, donc partez, fis-je poliment.

— Dégage, sale porc, hurla cependant ma cousine.

Et alors que j'espérais que l'inconnu ne l'ait pas entendue pas avec le bruit de la musique, son expression faciale montra le contraire. Il se leva.

— Tu viens de dire quoi, là ?

— On se calme.

Je me levai à mon tour afin de me mettre devant ma cousine.

— Elle m'a insulté de sale porc là, ma beauté, donc non, elle ne va pas partir sans un mauvais souvenir.

— Alors, pour information, mis-je les choses au clair, cette fille est ma cousine, donc tu ne vas rien lui faire.

— Tu te crois à la hauteur, ma jolie ?

— Il va être servi celui-ci, entendis-je ma cousine dire derrière moi.

Alors qu'il allait tout simplement me bousculer, je lui donnai un coup de pied dans le tibia. Il hurla de douleur. Il est vrai que se prendre des chaussures pointues dans le tibia ne devait pas être une partie de plaisir.

— Tu veux que je continue ou tu as compris ?

Il s'en alla sans me répondre, tout en boitant.

— Ça va ? me demanda ma cousine.

— Oh oui, t'inquiète, je vais plus que bien. On va danser ?

— Bien évidemment, voyons !

Au bout de quelques heures, nous décidâmes de nous arrêter pour la soirée. J'attendais qu'elle entre dans son Uber pour ensuite commander le mien. Mes oreilles étaient complètement bouchées à cause de la musique dans la boîte de nuit. De ce fait, je ne comprenais aucune des conversations qui avaient lieu autour de moi alors que tout le monde attendait son Uber ou un taxi. Une fois dans le véhicule, je vérifiai l'heure et vis qu'il était déjà 5 h 30 du matin. Quelle soirée cela avait été ! En marchant vers mon bâtiment, j'espérais que quelqu'un allait me laisser y entrer. Avec chance, un groupe de jeunes y pénétrait en même temps, me laissant passer dans l'immeuble. Cependant, arrivée devant ma chambre, dont le couloir était presque plongé dans le noir, je n'eus pas la même chance et n'essayai même pas d'ouvrir la porte, me doutant bien qu'il l'avait fermée à clé. Je m'assis donc contre cette dernière, la tête entre les mains. Après avoir soupiré bruyamment, je m'allongeai devant, usant de ma pochette comme oreiller et me forçai à rester éveillée jusqu'à ce que Ralph m'ouvre. Un groupe de jeunes passa devant moi. Une fille s'arrêta à mon niveau, s'agenouilla près de moi et se présenta.

— Salut, moi c'est Charlotte. Tu vas bien ?

— Oui, oui. J'ai seulement oublié mes clés à l'intérieur et mon colocataire doit probablement dormir.

— Oh mince. Tu veux venir dormir dans ma chambre ? Je sais qu'on ne se connaît pas, mais c'est seulement que j'aurai du mal à dormir en me disant que j'ai laissé une fille passer la nuit dans le couloir.

— Tu es vraiment adorable pour le coup, mais non merci. Je suis sûre qu'il ne va pas tarder à se réveiller donc ne t'inquiète pas, mais c'est très gentil de ta part en tout cas.

— Très bien, mais au cas où tu changerais d'avis, je suis dans la chambre 25.

— Merci Charlotte.

Elle me fit un dernier sourire avant de se relever et de suivre ses amis. Quelques secondes plus tard, à ma plus grosse peur et ma plus grande joie, la porte de ma chambre s'ouvrit. Ralph se tenait debout, vêtu de ce qui semblait être un bas de pyjama. Étant dans le noir, je ne pus admirer ses tatouages. Sans poser de questions, je me levai, pris ma pochette et entrai dans la chambre. Je la verrouillai derrière moi et me retournai pour le remercier, mais il s'était déjà réinstallé dans son lit, dos à moi. Je ramassai alors mon pyjama et, trop fatiguée pour aller jusqu'à la salle de bain, l'enfilai en m'assurant que Ralph ne se retournait pas. Passant un rapide coup de démaquillant afin d'enlever mon eye-liner et mon mascara, je mis mon téléphone à charger, et vérifiai qu'Ema était bien rentrée chez elle. Je finis par me faire assommer d'un violent coup de fatigue.

8
Ruby

Je sentais la ceinture me laisser des marques sur la peau, mais je ne pouvais rien faire ; les mains attachées, j'étais impuissante. Je hurlais de peur et de haine envers la personne qui me faisait subir cela, et je ne distinguais malheureusement pas le visage. Alors qu'il allait me donner un coup capable de m'assommer, je hurlai de toutes mes forces.

Je me réveillai en sursaut. Regardant autour de moi, je ne vis que la chambre plongée dans une lumière aveuglante. Par un rapide coup d'œil, je remarquai mon colocataire assis sur son lit en train d'écrire sur un carnet. J'expirai longuement en comprenant que ce n'était qu'un cauchemar. Cependant, dans la joie de me sentir en sécurité, j'oubliai d'arrêter de le fixer ; il dut sentir mon regard car il s'arrêta d'écrire pour regarder dans ma direction. Je détournai alors rapidement les yeux et me retournai afin de faire face au mur. Le mal de crâne que j'éprouvai en me retournant dans mon lit me rappela la raison pour laquelle je m'étais couchée aussi tard. J'envoyai un message à ma cousine pour lui demander si elle allait bien et la prévenir qu'elle avait laissé ses affaires de shopping dans ma chambre. Décidant de me lever une demi-heure plus tard, je pris mes affaires de toilette et quittai la pièce sans un mot.

Je sortis de la salle de bain au bout d'une dizaine de minutes, décidée à m'habiller pour aller prendre un petit déjeuner en extérieur. Quelques minutes plus tard, je quittais le bâtiment universitaire en direction des boulevards parisiens remplis de monde comme tous les dimanches dans la capitale. Après avoir déambulé pendant une petite demi-heure, je dénichai un petit café à l'intersection de deux ruelles. L'extérieur dévoilait un intérieur en bois assez chaleureux, m'attirant immédiatement. J'entrai alors et ne fus absolument pas déçue. Les murs étaient revêtus de panneaux en chêne et de multiples plantes parsemaient le café. Je n'eus pas le temps d'analyser les tableaux de l'établissement qu'un serveur me proposa plusieurs tables auxquelles je pouvais m'asseoir. Apercevant une près de la vitre, je saisis l'opportunité pour observer la ville tout en sirotant un bon milkshake.

Je rentrai me changer, le temps étant passé du soleil à une forte pluie, avant de déjeuner à la cafétéria. Vers 15 heures, je reçus un message de ma cousine disant qu'elle était près de mon bâtiment. Je lui demandai alors de m'envoyer un message lorsqu'elle serait à la porte d'entrée de mon bâtiment. Au bout d'une dizaine de minutes, elle me le confirma et je l'accompagnai à ma chambre. Elle me racontait son midi quand j'ouvris la porte de ma chambre. En voyant que Ralph était présent, elle cessa de parler et s'installa sur mon lit, face à lui, puis le regarda d'une manière défiante. Je me mis en face d'elle afin d'éviter tout problème. Je lui lançai un regard interrogateur, mais elle fit comme si de rien était avec les mêmes yeux innocents qu'elle faisait lorsqu'on était enfant et qu'elle essayait de ne pas paraître coupable d'avoir mangé des bonbons.

— Alors, ça s'est bien passé tout à l'heure pour rentrer ? me demanda-t-elle tandis que je rangeais les achats de la veille dans mon armoire. T'as dormi dehors d'ailleurs ? Comment t'as fait sans clé ?

— Oui, ça s'est bien passé et non j'ai pas dormi dehors, Ralph m'a ouvert quelques minutes après que je suis arrivée devant la porte.

— Mais comment il a su pour t'ouvrir ?

J'allais lui répondre, mais m'arrêtai en plein milieu, me rendant compte que je ne savais pas moi-même. J'étais à deux doigts de lui dire que je l'ignorais quand Ralph prit la parole.

— J'avais le sommeil léger, donc je me suis réveillé dès qu'elle s'est assise contre la porte et j'ai compris que c'était elle lorsqu'elle a parlé à une autre fille. Les portes sont fines, ici.

Je le regardai, surprise de tout cela.

— D'ailleurs, j'avais laissé la porte ouverte pour toi justement.

— Ah, donc tu penses qu'une porte ouverte peut excuser des méchancetés dites le matin même ?

Après une brève hésitation, il s'abstint de répliquer, ne manquant pas de soupirer. Il se leva de son lit, attrapa ses clés et son porte-monnaie avant de sortir de la pièce, sans oublier de la claquer légèrement.

— T'as été dure avec lui sur ce coup-là, Ruby…

— Peut-être, mais ça n'enlève pas le fait qu'il pense qu'il peut me rabaisser lorsque bon lui semble. Il ne me respecte pas alors qu'il ne me connaît même pas, ce n'est pas quelqu'un que j'apprécie.

Je vis qu'elle était sur le point de me répondre avant de changer d'avis. Le fait qu'elle se résigne montra que je devais plutôt revoir ma position.

— T'as des plans prévus pour le reste de la journée ? lui demandai-je.

— Non et toi ?

— Non, ça te dirait un après-midi film ?

— Avec le son de la pluie en arrière-plan, mais carrément, sourit-elle en s'allongeant sur mon lit.

Nous nous installâmes alors confortablement sur mon lit et commençâmes à regarder *Avant toi.*

Je sursautai au son d'une voix qui me réveillait. En ouvrant les yeux, je vis Ema éclater de rire, probablement lié à mon sursaut.

— Ce n'est pas drôle, boudais-je l'espace d'un instant, ne pouvant m'empêcher de sourire. Qu'est-ce qu'il y a ?

— Je te réveille parce qu'on s'est endormies pendant le film et qu'il est déjà 20 h 30.

— Quoi ?

— Oui. Et il faudrait que je m'en aille, j'ai cours demain.

— C'est vrai.

Je sortis du lit. En regardant autour de moi, je ne vis pas la personne qui me servait de colocataire. Je sortis alors les sacs de ma cousine du placard et les posai sur le lit tandis qu'elle se rattachait les cheveux. Après avoir pris soin de fermer la porte avec la clé, je l'accompagnai jusqu'à l'entrée de la résidence.

— Bonne rentrée, me dit-elle en me faisant une étreinte.

— Toi aussi, tu me diras comment sont tes professeurs parce qu'honnêtement, l'année du bac, il n'y a rien d'autre qui compte.

— Et toi, tu me diras comment se sera passée ta première journée !

— On s'appelle demain soir alors ?

— C'est fixé !

Après une énième étreinte, je la vis partir avec ses sacs. En me retournant, je tombai sur un groupe de jeunes qui étaient sur le point de me foncer dessus, trop pressés de sortir. Par malchance, je devais bien évidemment tomber sur le groupe où figurait Ralph.

Il me regarda alors fixement avant de passer tout près de moi, ne manquant pas de me frôler l'épaule. Après cet épisode assez déroutant, je passai rapidement dans ma chambre pour prendre mon portable et me mettre un pull avant d'aller à la recherche de la cantine.

Une fois de retour à la chambre, je vis que Ralph était revenu. Le temps d'aller me doucher, il était toujours là, sauf qu'il s'était changé dans des vêtements plus confortables. Après avoir mis mon téléphone à charger, je sortis ma tablette pour commencer la lecture d'un de mes romans préférés d'Harlan Coben.

En ouvrant les yeux, je sentis quelque chose comme ma tablette me faire mal aux côtes. Je dus probablement m'assoupir quelque part pendant ma lecture. Je regardai autour de moi et vis que Ralph venait de me réveiller.

— Oui ? murmurai-je.

— Je t'ai réveillée parce qu'il est déjà 7 heures et que tu ne t'es toujours pas levée.

Je me rendis compte que j'avais oublié de mettre une alarme pour le début de mes cours.

— Merci, lui répondis-je tout simplement.

Il ne dit rien d'autre et sortit avec la clé, des habits et sa trousse de toilette. Je m'étirai avant de me lever et de l'imiter. Après m'être changée, je regagnai la chambre entrouverte et y fis mon sac, dos à Ralph. Aujourd'hui n'étant qu'une journée d'introduction, je n'avais pas vraiment cours et donc finissais à 13 heures.

Une fois prête à partir, je jetai un regard vers Ralph et le vis ranger son sac. Il fallait avouer qu'en matière d'habits, il n'avait pas de si mauvais goûts que cela. Son pull léger de couleur grise par-dessus sa chemise rendait bien avec son pantalon noir. Quant à ses cheveux, il les avait légèrement coiffés avec du gel, d'où leur tenue disciplinée sur le haut de son crâne. Le voyant se figer, je tournai la tête vers mon sac, de peur qu'il m'ait aperçue l'observer. J'enfilai alors mon pull avant de prendre mes affaires et sortir.

Trouver ma salle dans un campus énorme avait été compliqué, mais pas impossible. Je pensais d'abord qu'elle allait se trouver au bloc de la faculté de droit, mais ce ne fut pas le cas. Cependant, j'avais croisé une fille aux cheveux longs dans un couloir, qui justement se renseignait pour la même salle que moi. En lui demandant si elle allait aussi étudier le droit, elle me répondit par l'affirmative. J'avançai alors avec la pensée que sa voix me disait quelque chose. Ce fut seulement lorsque je lui demandai son prénom que je me rendis compte que je lui avais déjà parlé.

— Tu es la Charlotte qui m'a proposé de dormir dans ta chambre !

— Oui, c'est bien moi ! Désolée, je t'ai pas reconnue, car je pouvais à peine te voir dans le noir qui régnait dans le couloir.

— C'est la même pour moi ! En tout cas, c'était très gentil de ta part de me le proposer ! C'est incroyable que l'on soit tombées l'une sur l'autre malgré tout le monde qu'il y a !

— Effectivement ! D'ailleurs, je n'ai pas voulu te faire peur en te proposant de venir dormir dans ma chambre. Je n'ai jamais proposé cela à quelqu'un que je ne connaissais pas, mais dans un premier temps j'étais seulement venue voir si ça allait et quand tu m'as dit que t'étais coincée dehors, eh bien je me sentais mal de ne pas te le proposer. Et tu as finalement dormi dehors ?

— Non, non, mon colocataire m'a ouvert après nous avoir entendues parler.

Je regardai le numéro de la salle devant moi : c'était bien la nôtre.

— Trouvé, nous écrions-nous en même temps.

9

Ruby

Dès que le directeur de la licence dont je n'avais pas retenu le nom finit sa présentation, tout le monde se leva aussi vite que possible et se précipita vers la sortie. D'habitude, j'aurais fait comme eux, mais étant bien trop fatiguée, je décidai de me lever lentement, tout comme Charlotte, et nous quittâmes la salle après avoir laissé la meute passer devant.

— Ça te dit de déjeuner dans une petite brasserie au coin de la rue ? me proposa-t-elle.

— Bien sûr, tu connais bien les alentours ?

— Non, j'ai seulement vu l'endroit hier lorsque je marchais avec des amis, donc j'ai prévu d'aller y manger ce midi.

— Toute seule ?

— Oui, la solitude ne me dérange pas. Au contraire, j'aime bien passer du temps toute seule aussi, ça me permet de respirer et de me retrouver, me dit-elle en m'ouvrant la porte d'entrée.

— Oui, je comprends.

Sur ce, alors que le soleil tapait dans les rues, nous allâmes à la brasserie en question.

Ce fut épuisée que je rentrai dans ma chambre aux alentours de 21 heures. Malgré le fait que Ralph était là, je m'effondrai sur mon lit telle une masse géante.

— Longue journée ? me demanda-t-il.

— Trop longue avec beaucoup trop de marche.

Après avoir passé le peu de temps que j'avais pour moi à réfléchir sur les échanges que j'avais eus avec Ralph, j'avais fini par me dire que je pouvais faire une croix sur sa remarque. Il m'avait peut-être traitée de meuf à deux balles, mais sachant qu'il avait pu faire en sorte que Pierre arrête de me toucher en retirant la main de ce dernier, je décidai de lui pardonner. Et puis, ce n'était pas comme si nous allions devenir amis ou autre, nous devions seulement à peu près bien nous entendre pour cohabiter correctement pendant quelques mois, donc autant rendre ces mois agréables.

— Tu t'es promenée en ville ? continua-t-il étonnamment en posant son téléphone.

Par respect, je me retournai sur le dos afin d'avoir un minimum de contact visuel avec mon colocataire.

— Oui, initialement, je devais seulement accompagner une amie à une boutique près du Champ-de-Mars, mais on a fini par s'y asseoir et discuter, puis on s'est promenées pendant des heures. Je ne pense pas avoir autant marché de ma vie. Mais enfin, as-tu des plans pour ce soir ?

— Non.

— D'ailleurs, je m'excuse d'avoir été froide hier.

Il me regarda brièvement comme s'il fut surpris par mes propos, mais tourna rapidement la tête comme si de rien n'était et reprit son activité sur son portable. J'allais lui faire remarquer que ne pas répondre sur des choses comme celles-ci allait compliquer la tâche entre nous lorsque je reçus un message de ma cousine.

Je voulais t'appeler, mais j'ai été hyper occupée et là je suis crevée ! Tu m'en veux si on s'appelle un autre jour ???? :(

Oh, mais non, ne t'inquiète pas du tout ! Appelle-moi dès que tu peux !

Ne sachant trop quoi faire, je me douchai et m'installai confortablement dans mon lit avec mon ordinateur sur les genoux. Je sursautai en entendant mon téléphone sonner et me dis qu'après tout, peut-être qu'Ema avait pu se libérer pour m'appeler. En regardant l'écran, je me rendis compte que c'était Charlotte.

— Je te manque déjà ?

— Oui, rit-elle, donc je voulais te proposer de venir à une soirée.

— Quand ça ?

— Dans trois mois, plaisanta-t-elle. Bah maintenant, voyons.

— Ah non, mais je suis installée dans mon lit tout douillet, je sors pas.

— Allez ! Sinon je viens te chercher moi-même.

— Tu peux toujours essayer, dis-je pour rire.

Je l'entendis respirer au combiné pendant quelques secondes et m'attendais à ce qu'elle me redemande de la rejoindre quand je me rendis compte qu'elle venait de raccrocher. Je repris mon activité sur mon ordinateur tout en secouant la tête lorsque je fus interrompue quelques minutes plus tard par des tocs à la porte. Pensant que c'était Nathan qui voulait voir Ralph, je restai assise, le laissant se lever.

— T'es qui ? l'entendis-je dire.

En me retournant par curiosité, je m'aperçus que c'était Charlotte. Elle était vêtue d'une robe noire avec des escarpins à talons noirs et était légèrement maquillée. *A priori*, elle était prête à sortir.

— Mais qu'est-ce que tu fais ici ?

Je me relevai brusquement sans manquer de faire glisser mon ordinateur.

Elle sourit légèrement à Ralph en entrant dans la chambre.

— Eh bien, tu m'as dit que je pouvais venir te chercher, donc me voilà !

— Mais je plaisantais !

— Pas moi, alors tu te changes et tu viens.

— Mais je suis morte là.

— Absolument pas, dit-elle en ouvrant mon armoire.

Elle en sortit un haut à manches longues en dentelle, un bandeau et un pantalon en cuir.

— Va te changer, cette tenue sera parfaite !

— Bon, d'accord. Mais c'est où la soirée ?

— Chez Tim, un gars de troisième année qui a un énorme appartement pas très loin et chez qui y a quasiment toutes les grosses soirées.

— Bon, bah, je reviens.

Je pris le tout ainsi que ma trousse de maquillage avant de me diriger vers la salle de bain.

J'avais acheté ces vêtements à part et n'avais jamais pensé à les mettre ensemble, par peur que cela donne quelque chose de trop osé, mais finalement cela rendait plutôt bien. En rentrant dans la chambre, je vis que les deux levaient leur tête de leur écran.

— T'es canon, putain ! s'écria Charlotte. Pourquoi est-ce que tu as caché ce corps de rêve dans une veste ample aujourd'hui ?

J'enfilai alors rapidement une veste de costume noire cintrée, consciente que Ralph me fixait.

— Et ce trait d'eye-liner, siffla-t-elle. Bon, je t'attends devant.

Je ne comprenais pas vraiment pourquoi elle avait décidé de sortir, mais peut-être se sentait-elle trop oppressée dans une chambre de cette taille à trois dedans. J'enfilai rapidement mes Converse, pris un sac en bandoulière noir, le remplis des choses dont j'aurais besoin pour la soirée avant de sortir, sans jeter un seul regard à Ralph, et cette fois-ci en prenant soin d'emporter mes clés.

La fête battait son plein lorsque nous arrivâmes sur place une vingtaine de minutes plus tard. Il fallait avouer que Charlotte ne mentait pas en disant que l'appartement était immense.

— Un verre ? nous proposa un garçon alors que l'on venait à peine d'entrer.

— Ça ira, merci, dis-je tout en détaillant les personnes présentes dans l'immense salon.

Il y avait environ une cinquante de personnes qui discutaient, buvaient et fumaient. Sans parler des couples qui ne pouvaient *a priori* pas se trouver une chambre pour faire leurs trucs.

— Ça va ? hurla mon amie au-dessus de la musique.

— Oui, oui, on va se servir à boire ? Je voulais pas accepter le verre d'un inconnu.

— Suis-moi.

Nous arrivâmes alors à un comptoir où étaient posées toutes sortes de boissons.

— Bonne dose de vodka à ce que je vois, rit-elle.

— Tu en veux aussi ?

— J'en veux bien, mais un peu moins que toi, s'il te plaît.

Une fois nos boissons diluées, Charlotte me suivit alors que je me frayais un passage parmi la foule. Nous étions installées sur un canapé lorsque des amis à Charlotte nous rejoignirent.

— Ravie de vous rencontrer, leur dis-je alors que chacun me donnait son prénom tout en m'embrassant.

Ses amis me racontaient des histoires drôles sur Charlotte alors que cette dernière tentait désespérément de les empêcher d'en dire plus. À ce que j'entendais, quelques-uns étaient des amis de longue date. Au bout d'une bonne heure, je décidai d'aller chercher un verre d'eau. Le nombre d'invités avait doublé sans même que je m'en aperçoive. Je me mis à la recherche de la cuisine quand je croisai le garçon de la bibliothèque. Il venait de traverser un couloir pour venir dans le salon lorsqu'il s'arrêta après m'avoir vue.

— Je vois que tu as fait des efforts vestimentaires ce soir.

— Je te demande pardon ?

— Bah, ton haut transparent révèle quand même une bonne partie de ton corps et puis ce bas serré, j'aimerais bien que tu enlèves cette veste et que je me retrouve derrière toi.

— Je te jure que si tu oses redire une chose pareille, tu te retrouveras avec mon poing à la figure.

Il allait rétorquer lorsqu'un garçon cria derrière lui.

— La coloc !

Nathan s'approcha pour me faire la bise.

Je fus instantanément soulagée de savoir qu'il était là. Je ne lui faisais peut-être pas entièrement confiance, mais il était beaucoup plus gentil, poli et respectueux que celui que j'avais en face de moi.

Il posa son bras autour de mes épaules de façon protectrice.

— Tout va bien ? Il te cherche des problèmes ?

Le garçon en face de nous était sur le point de rétorquer lorsqu'il fut perturbé à la vue de quelqu'un derrière moi.

— Non, non, tout roule, dit-il en s'éloignant rapidement.

Surprise, je me retournai pour comprendre et ne vis personne sauf Ralph qui s'éloignait de nous.

— Ralph ? criai-je.

Il se retourna doucement au bout de quelques secondes. Je pus admirer son magnifique visage sur lequel reflétait la lumière bleuâtre installée pour instaurer un *mood* de soirée.

— Que fais-tu ici ? Je pensais que tu n'avais rien de prévu pour ce soir.

— J'ai décidé de venir à la dernière minute.

Je hochai la tête afin de faire comprendre que je l'avais entendu avant de me retourner vers Nathan pour papoter. Ralph s'éloigna de nous dès que je m'adressai à son ami. Au bout d'une trentaine de minutes à papoter avec Nathan qui me parla surtout de ses études et de son enfance, j'en demandai plus quant à Ralph.

— Il étudie le droit, comme toi.

— Oh, je sais à qui voler des notes de première année si besoin alors.

— Il n'est pas très prise de notes en général.

— Il apprend comment, alors ?

— Hum… Il est assez spécial, il a une mémoire très avancée qui fait qu'il retient beaucoup de choses très facilement et très rapidement, donc ses notes ne sont pas très fournies.

— Mais il révise comment, dans ce cas-là ?

— Il se souvient de ses cours pendant des mois, donc il réussit très bien sans réviser. Il est assez intéressé par quelques matières spécifiques pour lesquelles il fera des recherches un peu plus poussées, mais sinon c'est tout.

Fascinant. Nous continuâmes un peu la conversation lorsque je me rendis compte que je devais rejoindre Charlotte.

— T'inquiète, j'ai été ravi d'apprendre à te connaître un peu plus en tout cas.

Je lui souris, et sur le point de me retourner, il me retint par le poignet.

— Tu t'appelles comment, au fait ?

— Ah, ris-je. Je m'appelle Ruby.

— Joli ! Eh bien, à la prochaine. Et si ce con retente quoi que ce soit, appelle-moi. Il est connu pour faire des choses bizarres.

— Vraiment ? Eh bien, merci, je te le dirai.

Il me demanda alors mon portable pour enregistrer son numéro.

— Merci beaucoup, dis-je en appelant le numéro pour vérifier que c'était bien le sien.

Je raccrochai après la sonnerie, mais son portable sonna de nouveau.

— Euh… ce n'est pas moi, précisai-je alors que je le vis froncer des sourcils.

Il répondit au téléphone et je pus entendre une voix paniquée hurler au-dessus d'une musique similaire à la nôtre. En observant la réaction de Nathan, je compris que c'était mauvais à la seconde où il expira longuement et s'éloigna rapidement. Par pur réflexe, je le suivis en lui demandant ce qu'il se passait.

— C'est Ralph, il est en train de se battre.

10

Ruby

Je cherchais Ralph du regard, mais ne le trouvais nulle part. Ce fut en suivant les bruits au-dehors que je vis une majorité des invités réunis autour de deux individus. Je courus avec Nathan, et nous nous immisçâmes du mieux que nous pouvions. Arrivés au milieu du cercle, je vis le visage crispé de Ralph, qui bouillonnait de colère, face au garçon de la bibliothèque qui venait de se faire violenter. Du sang coulait de son nez et de son arcade sourcilière alors que Ralph avait le visage légèrement abîmé et les poings maculés de sang. En jetant un regard aux personnes alentour, je m'aperçus qu'elles étaient pour la plupart sous l'influence de la boisson et les encourageaient à se battre.

— Ralph, arrête ! hurlai-je alors afin d'intervenir.

Il ne sembla pas m'avoir entendue, étant donné qu'il ne réagissait pas. Il était vrai que je n'avais pas dépassé la moitié de l'intensité des chahuts qui se faisaient entendre.

— Ralph, putain arrête ! hurlai-je alors encore plus fort.

Cette fois-ci, il se retourna presque instantanément vers moi. Son regard était agressif. D'un rapide geste de la tête, il me déconseilla d'intervenir. Après avoir jeté un regard vers Nathan, je m'avançai pour l'arrêter lorsque quelqu'un me retint par le bras. Je me retournai pour voir que le garçon m'était complètement étranger, mais qu'*a priori* il connaissait Ralph, étant donné qu'il semblait lui obéir.

— Lâche-moi, putain ! hurlai-je par-dessus toutes les voix d'encouragements.

— Je suis désolé, mais Ralph ne veut pas que tu t'immisces dans leur affrontement.

— J'en ai ras le bol que l'on me dise quoi faire, dis-je avant de me libérer de son emprise et de l'entraîner à terre dans une chute contrôlée.

Les cours de krav-maga se révélaient particulièrement utiles dans ce genre de situation. Je m'avançai ensuite vers les deux personnes sur lesquelles toute l'attention était dirigée et essayai de mettre fin à la bagarre. Je vis, rassurée, que Nathan et d'autres personnes étaient venus m'aider. Alors que le garçon de la bibliothèque allait donner un pathétique poing en ma direction, je bloquai son bras et le neutralisai, en l'allongeant au sol. Les chahuts cessèrent et, ne voulant pas rester sous le regard de tant de personnes trop longtemps, je le laissai par terre avant de me retourner vers Ralph, le regard sombre, et le pousser afin de le faire reculer. Alors que trois de ses amis le retenaient, il se sortit de leur emprise et recula avec moi. En quelques instants, nous étions tous les deux sortis du cercle et étions à l'abri des regards dans la salle de bain.

— Assieds-toi, lui dis-je froidement alors que je cherchais un kit de secours.

J'en trouvai un en fouillant le placard. Il y avait du désinfectant, des compresses, des pansements et un long bandage. Alors que j'approchais de Ralph avec le coton imbibé de désinfectant, il eut un mouvement de recul. Ne me laissant pas distraire, je posai ma main gauche sur son front et tapotai son visage avec du coton.

— Aïe, putain !

— T'as fini tes gamineries, pour que je puisse continuer ?

— Mais sur quel ton tu me parles ?

— Tu te fous de moi ? D'abord, tu me traites de « meuf à deux balles » puis tu me dis que t'as laissé la porte ouverte exprès pour moi, tu fais la conversation en mode on est amis et là, tu me jettes un regard noir et tu demandes à ton pote de me retenir comme si j'étais un animal ? Non, mais oh, tu me prends pour ton gosse de 5 ans ?

J'avais crié si fort que les chahuts qui provenaient du couloir avaient cessé. Quant à Ralph, il ne fit que se renfrogner en silence, et pour une fois, n'aggrava pas la chose. Il m'interpella alors que je finissais de le panser.

— Pourquoi est-ce que tu fais tout ça si tu penses que je me joue de toi ?

— Je ne vais pas changer ma nature à cause de toi, je suis qui je suis.

Sur ce, je quittai la pièce et rejoignis Charlotte qui s'était mise à ma recherche dans tout l'appartement.

Trois heures plus tard, allongée dans mon lit, je demandai à Ralph :

— Je peux te poser une question ?

— Vas-y.

— Pourquoi est-ce que vous vous êtes battus ?

— Il me cherchait.

— À propos de quoi ?

— Je sais plus, mais on a des différends depuis l'année dernière.

Estimant qu'il ne comptait pas m'en dire davantage, je ne continuai pas la discussion. Cependant, je ressentais comme un besoin de savoir. Me rendant compte que j'avais un moyen de contacter Nathan, je pris mon portable pour lui envoyer un message.

Hello Nathan, c'est Ruby. Je voulais te demander si tu savais pourquoi Ralph et le gars se sont battus.

La réponse se fit savoir dans la minute qui suivit.

Salut. Euh, ouais… Ralph a entendu dire qu'il cherchait à se taper quelqu'un proche de lui, mais je sais pas qui.

Je vois, merci beaucoup en tout cas ! Bonne nuit !

Merci, à toi aussi.

Je me réveillai brusquement en plein milieu de la nuit, à en juger par l'obscurité qui régnait dans la pièce. C'est en voulant déplacer mes mèches que je me rendis compte que j'étais en sueur. Encore un de ces fichus cauchemars… Je m'assis sur mon lit le temps d'essayer que mon cerveau s'en remémore une partie, sans espoir. En me levant, j'allai à la fenêtre afin d'observer la ruelle plongée dans la lumière blanchâtre émise par la lune. Il n'y avait pas un chat, seulement des mégots de cigarettes et quelques déchets qui jonchaient le sol par-ci par-là. Je ressentis brusquement une envie de fumer une cigarette. Inspirant profondément, j'essayai d'effacer cette envie de mon esprit quand j'entendis un son provenant du lit de Ralph. La pièce n'étant que peu éclairée par la lumière extérieure, je distinguais vaguement les contours de son corps d'où je me trouvais. Ne sachant trop s'il allait manifester son réveil, je tirai proprement les rideaux et me rassis sur mon lit. Après une demi-heure à jouer sur mon portable, je décidai d'enfiler mes chaussures, de prendre mon long manteau et de sortir respirer. Je ressentis une bouffée d'angoisse en repensant à la soirée et à mon cauchemar. Après avoir enfilé mes écouteurs, je m'installai dans un couloir moins étroit que celui de ma chambre et me mis à lire un nouveau livre sur mon portable, ayant fini le précédent quelques heures auparavant.

Entrouvrant les yeux, je sentis une couette sur mon corps. Je souris en sentant les rayons du soleil me caresser le visage, puis j'écarquillai brusquement les yeux, essayant au plus vite de me repérer. Je venais de me rendre compte que tout ceci n'était pas possible, étant donné que je m'étais endormie dans le couloir. J'expirai violemment en comprenant que j'étais bien dans ma chambre avec Ralph.

— Qu'est-ce qui s'est passé ? demandai-je à mon colocataire qui était assis en tailleur sur son lit.

— Quoi ?

— Comment est-ce que j'ai atterri ici, Ralph ?

— Tu penses pas que savoir ce que tu faisais dehors dans le couloir à 6 heures du matin est plus important que comment t'es rentrée saine et sauve ?

— Mais qu'est-ce qui te prend d'un coup ?

— Qu'est-ce qui me prend ? Tu te fous de ma gueule ? C'est quoi ton problème à découcher en plein milieu de la nuit sans prévenir ? J'ai flippé.

— Qu'est-ce que ça te fait que je découche, bon sang ?

— Bah, je sais pas moi, peut-être que je m'attends à ce que ma putain de coloc soit dans son lit à 6 heures du matin. Déjà qu'un barge t'a dit que c'était mieux que t'aies ton cul à l'air hier, tu oses juste sortir en plein milieu de la nuit ?

— Comment ça ? Qui a dit ça ?

— Laisse tomber.

— Hors de question. Je veux savoir de quoi tu parles.

— J'ai entendu ce que l'autre con t'a dit hier soir sur le fait qu'il aurait bien aimé que tu enlèves ta veste, qu'il te mate le cul et que ton haut en révélait beaucoup. J'ai vu que ça t'avait mise mal à l'aise. Aucune fille ne doit être considérée comme de la viande. Et pourtant, il a osé le faire. Et après, en plein milieu de la nuit, tu disparais sans laisser de mot. Deux événements qui se suivent comme ça… J'ai juste eu peur, mais ça n'a aucun rapport avec toi, j'aurais eu peur même pour une inconnue, c'est juste pas rassurant de se dire que la personne avec qui tu partages la chambre a disparu.

— Mais comment m'as-tu retrouvée ?

— J'ai juste fait le tour de l'immeuble et je t'ai trouvée endormie par terre. Qu'est-ce que tu faisais dehors comme ça d'ailleurs ?

— J'arrivais pas à me rendormir.

Sans dire un autre mot, il se leva de son lit et sortit de la chambre en claquant la porte. Je ne comprenais pas ce qu'il venait de se passer, mais j'étais bien trop fatiguée pour essayer. J'étais seulement reconnaissante qu'il m'ait ramenée dans la chambre. Au bout d'une dizaine de minutes, je me préparai pour aller étudier.

11

Ruby

Cela faisait deux bonnes heures que j'étais à la bibliothèque en train d'effectuer des recherches quand mon ventre se mit à gargouiller. Décidant qu'une pause déjeuner était méritée, je fermai mon ordinateur ainsi que mon carnet et me levai. En me dirigeant vers la sortie, j'observais les romans qui étaient alignés sur les étagères à ma droite lorsque je croisai le regard du garçon de la bibliothèque. Je m'arrêtai sous le coup de la surprise. Son visage était encore meurtri de la veille. Il se leva en prenant ses affaires. En le voyant marcher dans ma direction, je me précipitai vers la sortie, sous l'effet d'un mauvais pressentiment. Une fois dehors, je ne ralentis pas la cadence et me dirigeai vers ma chambre. En jetant un coup d'œil derrière moi, je vis qu'il se trouvait à peine à quelques mètres de moi. Je pris alors peur. En accélérant, je regagnai rapidement mon couloir et essayai d'ouvrir la porte en espérant que Ralph serait là, mais ce ne fut pas le cas. En insérant la clé dans la serrure, le garçon me stoppa en m'agrippant violemment le poignet gauche.

— Alors, ça me fuit ?

— Comme la peste.

Il m'attrapa alors le second poignet et le serra également très fort, de quoi m'extorquer une expression faciale de douleur. Il me poussa violemment contre la porte et je sentis le dos de ma clé, qui se trouvait toujours dans la serrure, me rentrer dans la peau. Sa corpulence m'empêchait de sortir de là. Je compris que cette situation lui plaisait, à en juger le sourire satisfait qu'il affichait.

— On s'amuse bien ? lui demandai-je, prête à agir.

— Quoi ? demanda-t-il lorsque je ramenai mes deux poignets derrière sa nuque, le faisait ainsi grimacer de douleur.

Tandis qu'il perdait l'équilibre, j'en profitai pour lui donner un coup de tête. Je lui assénai alors un coup de genou dans les côtes, qui le plia en deux. Tordu de douleur, il se pencha suffisamment pour que je parvins à libérer mes mains et à lui asséner mon coude sur les trapèzes, de quoi lui donner des frissons le long de la colonne vertébrale. Pensant l'avoir battu, je le poussai pour accéder à ma porte, quand il repartit soudainement à la charge et m'écrasa son poing sur le nez. Je remerciai le ciel que, désormais affaibli, mon agresseur n'ait plus la force de me le fracturer, même si je sentis un liquide épais couler de mes narines suite à la violence de l'impact. Je m'apprêtais à lui rendre son coup lorsque des personnes se firent entendre dans le couloir. En reconnaissant la voix de Ralph et de Nathan, mon assaillant se releva nonchalamment et s'enfuit dans la direction opposée tandis que je récupérai ma clé et mon sac, voulant me diriger vers les toilettes. Mais ils furent trop rapides et s'étaient avancés jusqu'à moi avant même que j'eus le temps de tourner les talons. Les garçons écarquillèrent leurs yeux dès qu'ils virent mon nez en sang.

— Qui t'a fait ça ? s'exclama Nathan, horrifié.

Ralph crispa sa mâchoire et serra les poings, qui n'avaient toujours pas guéri de la veille.

— C'est rien de grave, confiai-je malgré les picotements et la douleur, je pense lui avoir fait beaucoup plus mal qu'il ne m'en a fait.

— Ruby, je ne rigole pas, me répondit Nathan d'un ton on ne peut plus sérieux.

— Moi non plus, laisse tomber, lui dis-je en m'éloignant sans même jeter un regard vers Ralph.

Je marchais lentement, en faisant bien attention à ne pas verser de gouttes de sang par terre, lorsque j'entendis Nathan parler à Ralph.

— Tu penses que c'est lui ? demanda Nathan.

— Tu penses qu'il serait aussi con que ça d'aller la voir et la blesser sachant que je le verrais ? Je vais le tuer, réussis-je alors à entendre avant d'être trop loin.

Je ne comprenais pas sa réaction. Je ne saisissais pas pourquoi il était autant concerné.

Après avoir laissé de l'eau glacée couler sur mon nez pendant plus de cinq minutes, la plaie avait cessé de couler. Cependant, un hématome dû à l'accumulation de sang dans le tissu était bien apparent. En expirant brièvement, je sortis de la salle de bain et rejoignis ma chambre, où Ralph se trouvait. Il ne me jeta même pas un regard et continua de fixer l'écran de son portable. En entendant mon ventre gargouiller, je me souvins de la raison pour laquelle j'avais voulu quitter la bibliothèque. Ne voulant pas que l'on me voie dans cet état, je décidai d'aller acheter de la nourriture à la cafétéria et de la manger dans ma chambre. Une fois rentrée, je vis que Ralph était toujours là, mais cette fois-ci il semblait travailler sur son ordinateur.

Le reste de la journée passa assez vite, mais je ne me sentais pas mieux pour autant. Même si j'avais su me défendre cette fois-ci, je n'avais pas été insensible à sa violence physique et verbale qui me rappelait de mauvais souvenirs.

— *Eh bien, eh bien ma jolie, t'es toute mignonne toi, me dit l'homme dont je ne voyais pas le visage.*

Des larmes coulèrent le long de mes joues et mon corps fut pris de tremblements. Il m'attrapa le menton avec ses gros doigts gras et mit sa main sur ma hanche.

Je n'avais alors que 14 ans.

12

Ruby

Cela faisait une semaine et demie que l'événement avec le garçon de la bibliothèque s'était produit. Une semaine et demie aussi que Ralph se montrait à nouveau distant. Il était devenu presque mutique à mon égard, et s'il me parlait, c'était sur un ton glacial. Une semaine et demie aussi que Nathan et moi nous étions rapprochés.

Vendredi soir, après avoir fini de revoir les cours de la journée, je décidai d'aller faire une surprise à ma cousine qui se trouvait seule chez elle, car mon oncle et ma tante étaient partis en week-end. En route, j'achetai deux pizzas, avant de sonner à sa porte. Elle m'ouvrit et sembla très alléchée à la vue du repas. En m'invitant à entrer, elle me raconta qu'elle avait passé une semaine étrange, les émotions à fleur de peau. Une fois installées devant la télévision, nous étions prêtes à passer une nuit à regarder des films. Au bout de trois comédies romantiques, nous nous assoupîmes toutes les deux sur le canapé-lit.

Un bruit de téléphone m'extirpa de mon cauchemar. En touchant mes joues, je constatai qu'elles étaient toutes humides. En jetant un regard à mon portable posé sur la table, je vis que l'appel provenait d'un inconnu à 4 heures du matin.

— Allô ?

— Ça va ? demanda la voix masculine à l'autre bout du fil.

— Qui est-ce ?

— Ralph.

Alors que je m'apprêtais à lui demander comment il avait obtenu mon numéro de portable, je me ravisai. Nathan avait dû le lui transférer.

— Pourquoi est-ce tu m'appelles à cette heure-ci ?

— Je voulais savoir quand tu comptais rentrer.

— Je ne vais pas rentrer ce soir.

— Tu dors chez qui ?

— Chez ma cousine, Ralph, pas chez un inconnu.

— OK. Pourquoi t'as la voix rouillée ?

— Je viens de faire un cauchemar, rien d'autre.

— Tu veux… en parler ?

— Alors, monsieur se montre *extrêmement* distant avec moi toute cette semaine et puis maintenant, alors que je ne suis même pas là, tu veux me réconforter ? Quelle grosse blague.

Ayant haussé le ton, je sentis ma cousine bouger.

— Je ne peux pas trop faire de bruit, donc je dois raccrocher.

— Attends ! Tu rentres quand ?

— Je ne sais pas vraiment, je verrai.

— D'accord, préviens-moi quand tu peux, bonne nuit.

Pour me prenait-il en ne me calculant pas pendant une semaine, puis en s'inquiétant subitement alors que je découchais ? Je raccrochai sans même lui répondre.

— Qu'est-ce qu'il te voulait ?

— Savoir où je suis.

Elle sourit faiblement avant de dire quelque chose tout bas.

— Pardon ?

— Rien, rien.

Je la fixai alors, essayant de lui faire cracher le morceau.

— J'ai juste dit que tu avais peut-être une touche.

— Tu dis n'importe quoi, il a juste dû demander où j'étais par simple curiosité.

— Peut-être, mais bon, je trouve ça quand même bizarre, dit-elle avant de se rendormir.

Je voulais rentrer étudier, mais en voyant qu'Ema espérait passer la journée avec moi, je restai chez elle jusqu'au soir. Hésitante à rester dormir une deuxième nuit, je décidai de rentrer, étant donné que je n'avais pas mes lentilles pour assister aux cours le lendemain. En prenant un taxi, je pus arriver au campus en une trentaine de minutes. Une fois entrée dans le bâtiment, je me souvins que Ralph voulait que je le prévienne quand je revenais.

J'arrive dans 20 secondes

Je rangeai alors mon portable dans ma poche et me dirigeai vers ma chambre. Tandis que je m'approchais, j'entendis du bruit provenant de l'intérieur. J'espérais sérieusement qu'il ne faisait pas de soirée avec des amis dans ma chambre. À moitié endormie, j'ouvris la porte et vis une fille se rhabiller à grande vitesse, et Ralph torse nu. Finalement, j'aurais préféré la soirée.

Ralph

Essoufflée, elle s'allongea à côté de moi, son bras frôlant le mien. Je détestais le contact physique hormis lorsque c'était absolument nécessaire. J'allais lui dire de retourner dans sa chambre quand j'entendis la réception d'un message sur mon portable. C'était Ruby.

J'arrive dans 20 secondes.

Enfin, elle allait rentrer. Non qu'elle me manquait, mais c'était juste étrange de m'endormir sans la voir à l'autre bout de la pièce. Alors que j'allais me lever pour l'accueillir, il ne me fallut pas une seconde de plus pour réaliser que l'autre était là. Paniquant, j'ordonnai à la fille de se rhabiller.

— Putain, allez, lève-toi !

Elle me regarda longuement en battant des cils, recouverts d'un mascara pâteux en excédent, sans bouger d'un pouce.

— Maintenant, putain, lui dis-je en lui touchant le bras pour la ramener sur Terre.

Elle enfila le peu de tissu qui lui servait de culotte puis son haut. Je me levai à mon tour et enfilais mon short de sport lorsque j'entendis une clé s'introduire dans la serrure. Alors que Ruby entrait, mon plan d'un soir lâcha :

— Ah c'est pour ça que tu m'as dit de dégager ? Pour pouvoir accueillir une autre meuf avec qui coucher ?

Je regardai en direction de Ruby, mais elle ne cilla pas.

— Désolée de vous interrompre, je vais y aller, dit-elle en refermant la porte.

Ruby

J'errai dans les couloirs pendant une dizaine de minutes. J'étais entrée dans la chambre et quand je l'avais vu avec une autre, j'avais ressenti un pincement au cœur pour je ne savais quelle raison. Cela n'était pas supposé m'affecter, mais mon cœur ne sembla pas être du même avis. Cependant, j'étais douée pour ce qui était de cacher mes sentiments, donc je restai impassible. Malgré la douleur ressentie, je ne pouvais pas nier que mon regard s'était attardé sur son corps svelte avant de fermer la porte. Ses tatouages étaient à tomber par terre. Je n'avais pas eu le temps de les détailler, mais j'avais aperçu le contour fin d'un serpent partant de son cou à son épaule droite ainsi que le contour un peu plus épais d'une rose qui semblait fanée le long de son biceps gauche. Avant de fermer la porte, j'aperçus aussi brièvement un as de pique fin et décoré sur ses côtes gauches.

Alors que je marchais, j'arrivai devant la porte de la chambre de Nathan. Quelques secondes après avoir toqué, je m'étais dit que je n'aurais pas dû le réveiller parce qu'il devait probablement dormir à cette heure-ci, crevé par sa semaine de cours, mais alors que je m'apprêtais à partir, quelqu'un m'ouvrit la porte : Nicolas, son colocataire.

— Ruby, c'est ça ?

— Oui, Nathan est là ?

— Oui, tu peux entrer.

J'obéis et vis Nathan dormir. Quand j'ai demandé si Nathan était là, c'était Nathan réveillé, non pas endormi.

— Euh, je pense que je vais y aller, étant donné qu'il dort.

Je me retournai pour repartir quand je sentis une main me frôler la cuisse.

— Merde, Nathan, désolée, je ne voulais pas te réveiller, dis-je en le distinguant tentant d'ouvrir ses paupières.

— Non non, Ruby, dit-il d'une voix endormie, qu'est-ce qu'il y a ?

— Oh rien, je cherche un endroit où dormir, mais je pense que je vais sortir finalement.

— Pourquoi est-ce que tu ne dors pas dans ta chambre ?

— Ralph est avec une fille dans la chambre.

— Ah, viens par là alors, me dit-il en soulevant la couverture et en se décalant dans son lit.

Même si j'étais anxieuse à l'idée d'entrer dans le lit d'un garçon, je me dis que c'était probablement l'endroit le plus sûr où je pouvais être à cette heure-là, si ce n'était dans ma chambre. En repensant à la semaine passée avec Nathan, je me dis que ce n'était pas le genre de personne à profiter d'une situation.

— Je n'ai pas de pyjama et je n'arriverai pas à dormir en jean, lui dis-je, gênée par le fait que je le dérangeais.

— Nico, tu peux sortir deux minutes s'il te plaît, demanda Nathan à son colocataire en se levant.

Il prit alors un t-shirt et un short de son armoire et me les tendit. Je me retournai après m'être assurée qu'il ne regardait pas pour me changer.

— Je peux me retourner ?

— Oui, c'est bon, souris-je en posant mes habits sur sa chaise avant de m'installer dans son lit.

— Ah bah, je vois que ça fait comme chez soi, dit-il en souriant.

— Eh bien, écoute. Si tu veux, je peux te faire une petite place dans le lit pour que tu puisses fermer les yeux sur un matelas et non sur le parquet, lui proposai-je en levant la couette pour qu'il puisse se mettre dessous.

— Voilà une *lady* digne du nom, rit-il alors que je lui donnai une légère tape sur l'épaule.

Il me regarda, faussement choqué.

— Tu n'as pas osé faire ça quand même ! Attention, dit-il en s'approchant pour me chatouiller.

Je hurlai de ne pas le faire, craignant extrêmement des guilis. Cependant, il prit sa vengeance et les chatouilles durèrent plus de quinze secondes. Nous finîmes par nous regarder dans les yeux et alors que je comptais détourner mon regard, Nathan sembla entièrement plongé dans le mien. Je n'avais jamais eu d'idées vis-à-vis de Nathan, il avait toujours été qu'un ami sans plus. Cependant, il semblerait que la fatigue ait pris le dessus. Je voulais détourner la tête, mais en le voyant s'approcher, je n'eus pas la force de faire quoi que ce soit.

13
Ruby

Il s'approchait dangereusement lorsque nous secouâmes nos têtes.

— On ne peut pas, lâcha-t-on en même temps.

Alors que nous commencions à rire en nous disant que nous étions à deux doigts de faire une grosse bêtise, j'entendis des voix dans le couloir.

— Tu peux pas entrer, Ruby se change, dit Nicolas.

— Alors que Nathan est à l'intérieur ? demanda une voix que je n'entendais pas assez pour reconnaître.

— Mais qu'est-ce que t'en as à foutre d'elle ?

La voix était si aiguë que je la reconnus, c'était la fille qui était au lit avec Ralph.

Mais si elle était là, alors…

— Merde, Ralph est dehors, dis-je à Nathan.

Tandis que j'essayais de me relever, la porte s'ouvrit sans douceur. Sans même jeter un coup d'œil à Ralph, je descendis du lit et tirai sur le t-shirt. Nerveuse alors que nous n'avions rien fait, je commençai à tripoter le bas du vêtement.

— Ruby, rentre en prenant *tes* habits, me dit-il sur un ton énervé.

J'inspirai brusquement et pendant quelques secondes, j'hésitais entre sortir sans dire un mot ou rétorquer. En pensant à la façon dont il m'avait ignorée cette semaine, j'optai pour la deuxième option.

— Pardon ? rétorquai-je.

— Lui aboie pas dessus, Ralph, me défendit Nathan.

— Pardon ? Le mec qui l'embrasse et qui ne cherche qu'à lui enlever sa culotte ose parler ?

— On ne s'est jamais embrassés, lui criai-je sur le même ton, et même si c'était le cas, je ne vois pas en quoi ça te concernerait. J'ai le droit d'embrasser qui je veux et quand je veux. J'ai aussi le droit de découcher quand je veux sans que tu aies à m'appeler, Ralph. Donc, soit tu te ressaisis et tu me dis que tu ne me détestes pas, et dans ce cas-là on communique comme des adultes, soit tu continues à être froid et distant avec moi, mais dans ce cas-là, ne va pas t'imaginer que tu peux influencer ma vie.

En me tournant vers Nathan, je lui expliquai que j'allais rentrer dans ma chambre étant donné qu'elle s'était libérée et le remerciai de son hospitalité. Je sortis ensuite tout en bousculant Ralph au passage, qui n'avait pas bougé d'un cil, et me dirigeai vers la salle de bain après avoir pris mes affaires dans ma chambre.

En sortant de la douche, je vis l'écran de mon téléphone s'éclairer et la mention « 9 appels manqués ». Reconnaissant le numéro de Ralph, je levai les yeux au ciel et remarquai que j'avais aussi trois messages de ce dernier.

Je suis toujours avec Nathan, t'es rentrée dans la chambre ?

Je suis dans la chambre, t'es où ?

T'es où, putain ??

J'étais complètement perdue. Je ne comprenais plus rien. Pourquoi était-il si inquiet s'il ne m'appréciait pas ? Et pourquoi avait-il été froid avec moi cette semaine alors ? Je regagnai la chambre sans lui répondre. En ouvrant la porte, je le vis faire les cent pas.

— T'étais où ? aboya-t-il dès qu'il remarqua ma présence.

— J'étais juste allée prendre une douche.

— Oui, j'ai vu que t'avais lu mes messages il y a six minutes. Pour en revenir au sujet principal, pourquoi ne m'as-tu pas envoyé de messages disant que t'arrivais ?

— Parce que, putain Ralph, qu'est-ce que tu crois faire ? Tu m'épuises ! Je ne comprends vraiment pas, je suis paumée à cause de toi ! La semaine dernière encore, il y avait un minimum de conversation. Et depuis ta baston avec l'autre, tu ne me parles plus et tu me scrutes d'un air mauvais. Je ne sais pas ce qu'il s'est passé, mais il va falloir arrêter cette manie d'être hautain sans aucune raison, ça rend la colocation encore plus dure à vivre, genre vraiment. Et si tu me hais à ce point, change juste de chambre !

Ses yeux dévoilèrent quelques émotions. Je ne saurais dire lesquelles, mais cela montrait qu'il n'était pas insensible à ce que je voulais dire. Éprouvant de la culpabilité, je décidai de clarifier mes propos.

— J-je n'ai pas voulu dire ça comme ça, mais comprends-moi, je suis épuisée, et pourtant tu es parti à ma recherche après avoir couché avec une fille, et puis tu me parles comme si t'étais mon père alors que ça fait dix jours que tu ne m'as pas adressé la parole. En plus, tu m'appelles trois millions de fois, sans compter hier soir, mais qu'est-ce qui t'a pris, bon sang ? N'ai-je pas le droit de vivre ma vie, tout de même ? Si on était amis et que tu me parlais normalement, je veux bien comprendre que tu prennes de mes nouvelles, mais cela n'étant pas le cas, je ne comprends pas la raison de tes agissements.

En l'observant, je vis qu'il me fixait passivement, sans aucune intention de répondre. Je fronçai les sourcils d'incompréhension face à son manque de réaction.

— Bon, j'arrête là et on va essayer de dormir, dis-je en me mettant sous mon duvet.

Sans me répondre, il sortit de la chambre après avoir pris sa veste et d'autres affaires. Trop fatiguée pour réagir, je me laissai engloutir par le sommeil la seconde d'après.

— Lâchez-moi ! criai-je alors qu'il me tira par les mains, qui étaient ligotées.

Je ne pouvais rien apercevoir à cause du bandeau et ça me faisait peur. Très peur. Maman, papa, sortez-moi d'ici !

J'arrivai dans une sorte de salle, où il me laissa attendre quelques secondes avant de m'enlever le bandeau. En rouvrant les yeux, je le vis sur le point d'abattre une ceinture sur mon dos. Je hurlai alors de toutes mes forces.

À mon plus grand bonheur, je me réveillai avant l'impact. Je ne voulais pas que cela aille plus loin, je ne voulais pas revivre tout cela. Le souffle court, je séchai du dos de ma main les fines gouttelettes qui s'étaient formées sur mon front. J'avais eu tellement peur.

Plusieurs minutes passées, encore sous le choc d'avoir revu cette scène effroyable, je m'effondrai en larmes. Je n'en pouvais plus, il fallait que j'en parle à quelqu'un. Je n'avais pas parlé des détails à mes parents, par peur qu'ils se soient trop inquiétés. Je craignais aussi qu'ils se sentent responsables. Je ne pouvais pas leur faire subir cela. J'avais aussi épargné ma cousine, elle était jeune, donc je n'ai pas voulu lui dire les parties violentes. C'était mieux ainsi. Les larmes ne cessèrent de couler le long de mes joues à force de me sentir seule et me dire que je ne pouvais même pas en parler à ma psychologue qui était à des centaines de kilomètres d'ici. Je sursautai au son d'une voix à quelques mètres.

— Ça va ? me demanda Ralph en allumant la lampe près de lui.

J'essuyai mes larmes.

— Tu m'as fait peur.

— Je ne voulais pas t'interrompre parce que ça semblait personnel. Mais ça fait deux semaines que je te vois te réveiller en sueur comme ça, tu es sûre de ne pas vouloir en parler ? Ça a l'air d'être grave.

— Oh parce que maintenant monsieur s'inquiète ? Je pensais que je t'énervais à te réveiller la nuit avec mes hurlements.

— Arrête, c'est sérieux.

— Je sais. Mais bon, là tout de suite, je suis crevée.

— T'as pas besoin d'être aussi sèche, tu sais ?

— Écoute, Ralph, j'aimerais sincèrement bien m'entendre avec toi, mais comme je l'ai dit tout à l'heure, tu m'adresses la parole un jour puis t'es glacial pendant toute une semaine pour je ne sais quelle raison et honnêtement, j'en ai marre. Tu es lunatique et je n'ai pas besoin de ça dans ma vie. Je veux bien qu'on se parle et tout, mais tu dois arrêter d'être froid quand tu le décides et puis me demander si je vais bien l'instant d'après.

Je lui avais répété ce que j'avais dit à peine quelques heures plus tôt étant donné qu'il n'avait pas répondu à mes reproches et que j'essayais de savoir ce qu'il pensait de tout cela. Mais comme je m'y attendais, il ne répondit pas, éteignit la lumière et sembla se rallonger dans le lit, dos à moi. Je décidai d'envoyer un message à Rachel pour lui dire de m'appeler dans les jours à venir : j'avais besoin de lui en parler.

14

Ruby

Les jours suivants se déroulèrent sous un silence poignant dans notre chambre. Après tout, je m'attendais bien à cela au vu du dimanche que nous avions passé ; pas un seul mot échangé de la journée. Le mercredi midi arrivé, me sentant anxieuse, je décidai d'aller passer l'après-midi et la soirée chez Ema. J'avais désespérément besoin de sortir de cette pièce. En faisant mon sac, Ralph me demanda où je partais. J'allais lui répondre que ce n'étaient pas ses affaires étant donné que nous ne parlions pas, mais j'étais trop épuisée pour le confronter.

— Je vais chez ma cousine.

Il hocha la tête et me demanda si j'allais bien.

— Non, mais Ralph, arrête, nom de Dieu. Tu n'en as pas marre de pas me parler, mais ensuite me poser des questions pareilles ? Je vais chez ma cousine parce que je suis épuisée par l'ambiance dans cette chambre et que j'ai sérieusement besoin de mettre de la distance entre nous. J'en peux plus que tu impactes ma santé mentale alors que tu n'es personne. Et pourtant, tu trouves le moyen de me rendre complètement dingue. Est-ce que tu as enfin quelque chose à répondre ?

Il me dévisagea longuement. Semblant se préparer à dire quelque chose, il finit par s'en abstenir.

— Ça y est, je me casse, Ralph ! lâchai-je en prenant mes affaires avant de claquer la porte de la chambre.

Je passai toute la durée de mon trajet à penser à ces dernières semaines, si étranges. Entre s'être fait agresser par un inconnu et un colocataire comme Ralph, j'avais vraiment besoin d'une pause. Arrivée chez Ema, je m'effondrai dans ses bras et passai une après-midi reposante à jouer à des jeux de société et à papoter autour de chocolats chauds. Cela m'avait fait tant de bien que je décidai de rester dormir chez elle. En voyant que je n'avais pas reçu d'appel ou de message de la part de Ralph, je le remerciai intérieurement de mettre fin à tant de contradictions dans son comportement.

Le lendemain, dans un café près de chez moi, je complétais mes notes lorsque j'entendis des rires qui ressortaient du lot. En levant la tête, j'aperçus Pierre, Nathan et Ralph. Heureusement que le dernier ne m'avait pas vue, ou du moins si ça avait été le cas, il n'avait rien laissé paraître. Sans plus, je me remis à taper sur mon ordinateur tout en sirotant mon smoothie lorsque Nathan haussa la voix.

— La coloc ! s'écria-t-il tout en venant vers moi. Tu vas bien ?

— Ça va, merci, et toi ? Que fais-tu ici ? lui demandai-je une fois arrivé près de moi.

— Je suis là avec les gars, on se prend un café avant de rejoindre des potes. Tu veux venir ?

— J'ai beaucoup de travail, donc je ferai mieux d'avancer, mais c'est gentil de ta part.

— Ça va avec Ralph ? demanda-t-il à voix basse après s'être assuré que le sujet de notre conversation ne se tenait pas derrière lui.

— Je ne sais pas... Il me fatigue tellement... Pourquoi est-ce qu'on ne peut juste pas être amis et communiquer normalement, sans faire d'histoire ?

— Le truc avec Ralph, c'est qu'il ne fait pas trop dans les amies filles parce qu'il y a toujours des complications. Il s'en tient à deux potes filles dont une qu'il connaît depuis l'âge de sept ans et l'autre qui est lesbienne, donc voilà.

— Mais je ne vois pas le rapport avec moi, où est-ce que notre relation tomberait dans la catégorie « complications » ?

— Ah, mais ça, c'est le fait que toutes les filles finissent par craquer pour lui, si ce n'est pas le cas dès le début.

Je fis alors semblant qu'il ne m'attirait pas du tout.

— Attends, commençai-je à rire en regardant discrètement dans la direction de Ralph, tu veux dire qu'il y a autant de filles que ça qui craquent pour lui ? Et tu crois que j'en ferais partie ?

— Peut-être, mais dans votre cas, j'ai bien peur que ça ne soit lui qui morde à l'hameçon.

— Mais je ne veux pas !

— Oui, mais c'est Ralph, il finira par se faire prendre à son propre jeu. Tu l'intrigues beaucoup, donc qu'est-ce que tu veux que je dise ?

— Pourtant, je ne fais vraiment rien pour essayer de lui plaire.

— Justement, t'es la seule à ne pas le faire, donc il doit se demander ce qu'il y a de différent chez toi. Bon, je vais aller passer ma commande. On s'organise un truc ce week-end ?

— Oui, avec plaisir ! On se tient au courant.

— Très bien, bon courage.

— Merci !

Je le saluai alors qu'il rejoignait ses amis qui me jaugeaient de loin, Pierre d'une façon moins rassurante que Ralph.

J'essayai de percevoir une once de sourire dans le regard de Ralph, mais ne trouvai pas satisfaction. Il paraissait si distant. J'avais seulement envie que nous nous entendions bien. Pourquoi devait-il toujours tout compliquer ? En sentant une main sur mon épaule, je sursautai et me retournai pour apercevoir que Charlotte, qui paraissait amusée.

— Hello ! Ça va ? s'exclama-t-elle en me faisant une étreinte.

— Oui ! Et toi alors ? J'ai l'impression que ça fait une éternité !

— On ne s'est pas vues depuis lundi, donc oui, trois jours c'est quand même long, étant donné qu'on a passé notre vie ensemble la semaine dernière.

— Très vrai, ris-je en l'invitant à s'asseoir à ma table.

— Tu bosses sur quoi ?

— Je réorganise mes notes pour tous les cours de la semaine. Et toi alors, quel bon vent t'amène ?

— Je voulais te prendre un muffin et passer chez toi initialement, mais il se trouve que tu m'as devancée avec ton smoothie.

— Trop chou, lui souris-je.

Elle nous prit deux muffins et vint s'installer à ma table.

15

Ruby

Au bout de plusieurs heures de conversation avec Charlotte, nous quittâmes le café pour aller dans un bar non loin du campus. Heureusement pour nous qu'il était beaucoup moins occupé que les autres soirs.

— C'est chouette que ton frère bosse à Paris, comme ça tu as l'occasion de le voir régulièrement. Mais il est ton aîné de combien d'années au juste ? lui demandai-je.

— Douze ans.

— C'est énorme !

Elle répondit par un haussement d'épaules.

— Mais on a une relation géniale, c'est mon meilleur ami depuis toute petite et on se dit vraiment tout et n'importe quoi. C'est toujours rassurant de le savoir là.

— C'est sûr !

— Et toi alors ? Il y a que tes parents à la maison ?

— Oui, enfin on avait un goldendoodle à la maison, mais il est décédé il y a quelques années.

— Oh mince, je suis désolée.

— Hmm… C'est jamais facile, mais quand je repense aux moments que j'ai eus avec cet ange, je n'ai absolument aucun regret. Tu n'as jamais voulu d'un chien ?

— Si ! Justement, je compte en adopter un quand j'aurai mon propre appartement.

— Oh ! Et tu sais quelle race de chien tu voudras ?

— Pas trop, ça sera à voir, mais je les trouve tous si mignons !

— C'est sûr, ils sont beaucoup trop adorables.

Elle allait me répondre lorsqu'elle écarquilla les yeux en regardant derrière moi.

— Ça va ?

— Olivier vient d'entrer !

— Quoi ! Ton Olivier ? m'exclamai-je en parlant du garçon pour qui elle craquait.

— Oui, dit-elle avant d'éclater de rire. Avec ton Ralph.

— Quoi ? Ralph est ici ? hurlai-je d'une petite voix.

En me retournant discrètement, je vis Pierre, Nathan et quatre autres personnes avec Olivier et Ralph. À mon plus grand bonheur, aucun d'entre eux ne nous avait vues. Je repris alors tranquillement la discussion avec mon amie alors que je la voyais rougir dès que son regard croisait celui d'Olivier.

— Il craque pour toi ma jolie, lui dis-je en voyant la manière dont le jeune homme lui souriait.

— Oh, je ne sais pas.

Elle sourit timidement avant de cacher son visage à l'aide de ses mains.

— Adorable, minaudai-je en la voyant dans cet état.

Je m'apprêtais à lui dire qu'elle devrait en profiter pour l'aborder lorsque Nathan me surprit en arrivant par-derrière.

— Tu m'as fait peur ! lui dis-je une fois retournée pour voir de qui il s'agissait.

— Je vois ça, sourit-il. Alors, t'as pu avancer dans ton travail ?

Je commençai à rire en regardant Charlotte.

— Non, au final elle est venue, donc on a fait que parler, mais ça va, je devrais pas être trop en retard. Et puis pour l'instant, il s'agit seulement de revoir les notes de cours, donc bon.

— Très vrai ! D'ailleurs, moi c'est Nathan, se présenta-t-il à mon amie.

— Ravie de te rencontrer, moi c'est Charlotte.

— Enchanté, dit-il avant de s'asseoir à notre table et nous parler.

Au bout de quelques secondes, Olivier nous rejoignit aussi et s'assit à côté de Charlotte. Je voyais bien qu'ils étaient beaucoup plus complices que ce qu'elle m'avait raconté. Le comportement d'Olivier en disait long sur ses sentiments pour Charlotte. Les deux garçons nous quittèrent une dizaine de minutes plus tard en expliquant qu'ils allaient rejoindre leurs amis.

— Alors ? lui demandai-je dès qu'ils étaient assez loin.

— Bah quoi alors ? essaya-t-elle de me cacher son sourire.

— Vous avez parlé de quoi ? J'entendais rien de votre conversation !

— Rien de spécial, on a juste parlé de choses banales.

— Ah, fis-je, déçue. Moi qui m'attendais à quelque chose de dingue.

— Il m'a aussi demandé si j'étais libre pour déjeuner avec lui samedi.

— Tu plaisantes ! hurlai-je en ouvrant grand la bouche.

Elle haussa alors les épaules en secouant la tête, toujours avec un énorme sourire qui régnait sur son visage.

— Tu me diras comment ça se sera passé, hein !

— Mais bien sûr, voyons !

Je secouai la tête tout en souriant après cette victoire. Nous avions passé la semaine entière à parler de lui et voilà qu'ils allaient aller en *date*. Alors que je lançais un regard discret envers le garçon en question, je croisai celui de Ralph. Je ne savais pas si je devais lui sourire ou non, j'attendis donc qu'il réagisse. Au bout de quelques secondes, je vis ses lèvres s'étirer en un petit sourire. Je n'arrivais pas à le croire, enfin un espoir que cela aille mieux entre nous. Je lui rendis l'équivalent, peut-être un peu plus étant donné la surprise, et repris ma conversation avec Charlotte. Au bout de quelques heures après un nombre conséquent de verres consommés, nous quittâmes le bar pour rentrer dîner. En marchant vers la sortie, je décidai de jeter un dernier coup d'œil en direction de Ralph et vis que son attention était fixée sur moi. L'intensité du regard venant d'une personne aussi physiquement parfaite que lui me donna des frissons. Je devais sincèrement cesser d'autant l'admirer si je voulais m'assurer de ne pas me faire prendre à mon propre jeu. J'avais dû m'arrêter dans mes pas pour que Charlotte me secoue et me demande si tout allait bien. Je hochai la tête et sortis de l'établissement sans plus attendre.

Après le dîner, Charlotte me raccompagna jusqu'à ma chambre.

— Bonne nuit Cha, merci pour aujourd'hui. On se reverra demain en cours.

Je lui fis un câlin.

L'alcool nous était monté à la tête, nous faisant tituber lors de l'étreinte.

— Oui, et puis on est vendredi demain, donc t'as intérêt à être prête pour sortir.

— Parfait alors, bisous ! lui dis-je en insérant la clé dans la serrure.

Je la perdis de vue en quelques secondes.

— C'est ouvert ! cria Ralph de l'intérieur de la chambre.

Après un long soupir pour contrôler mes émotions ainsi que mes vacillements, j'ouvris la porte et le trouvai en train de lire sur son lit, allongé sur le dos, avec seulement la lumière du bureau qui illuminait le livre en question.

— Quand es-tu rentré ?

— Il y a environ une heure.

J'étais surprise de la rapidité avec laquelle il avait rejoint notre chambre.

— T'as dîné au moins ?

— Ouais, j'ai mangé avant d'aller au bar.

Je hochai la tête en guise de réponse et pris mes affaires pour me doucher. J'essayai d'éviter le regard de Ralph, malgré le fait que je sentais le sien posé lourdement sur moi. En revenant, je me sentais tellement bien dans le t-shirt de mon père et mon short de pyjama ; c'était tellement confortable, quelle sensation exquise. Je m'installai alors sur le lit et mis une série sur mon ordinateur portable.

— Tu as passé une bonne soirée avec ta pote ? me surprit-il à me demander après une dizaine de minutes.

Je me retournai afin de lui faire face.

— Oui, c'était sympa, merci, et toi ta soirée avec les garçons ?

— Comme d'hab, rien d'exceptionnel.

J'attendais de voir s'il allait me demander autre chose, mais ce ne fut pas le cas. Je me replaçai devant mon écran avant de finir par m'endormir.

Encore une fois, je me réveillai en sentant une main me secouer. Sachant d'avance que c'était Ralph, je n'ouvris pas les yeux immédiatement, mais lui demandai l'heure.

— Il est 8 h 30 et je sais pas si t'as cours ce matin, me dit-il en se tenant près de mon lit.

— Oh putain !

Je me relevai brusquement du lit en me rendant compte que mon cours était dans trente minutes.

À ce moment-là, je réalisai que j'avais été à deux doigts de le cogner en pleine tête. Je lui souris en guise d'excuse avant de le remercier et partir faire ma toilette dans la salle de bain commune. Je sentis une légère gueule de bois s'attaquer à ma tête, me causant ainsi une migraine. En revenant une dizaine de minutes plus tard, Ralph était prêt à partir. Je m'attendais à un commentaire, mais il ne dit rien. Il allait quitter la pièce quand je lui souhaitai de passer une bonne journée. Après tout, ce fut tout de même grâce à lui que je ne ratai pas mon cours du matin.

16

Ruby

T'es prête ?

J'arrive dans deux minutes.

Je reposai mon téléphone sur le lit et enfilai rapidement mes chaussures, étant donné que Charlotte m'attendait à l'entrée de la résidence. Je m'inspectai rapidement dans le miroir avant de partir ; maquillée, un haut noir légèrement transparent, un pantalon en cuir et mes Converse, il fallait dire que j'étais drôlement à l'aise dans une tenue pareille. J'enfilai mon manteau et attrapai mon sac avant de sortir précipitamment de la chambre, sans oublier de la verrouiller derrière moi.

— Cha ! m'écriai-je en la voyant pianoter sur son téléphone près de l'entrée.

Elle avait un style d'enfer : robe noire assez décontractée avec des bottines.

— Ah, t'es là ! s'exclama-t-elle en se dirigeant vers moi. Ouah, j'adore ton outfit. On y va ?

— Oui et j'adore ta tenue aussi, trop chou la combinaison robe-bottines !

Au bout d'une vingtaine de minutes en transport, nous arrivâmes dans une maison remplie d'étudiants. Même si l'appartement où la soirée avait eu lieu deux semaines auparavant était plutôt sympa et spacieux, c'était bien mieux et plus grand ici. Cependant, il y avait plus de personnes présentes que la dernière fois, donc la maison était pleine à craquer.

— On va se servir à boire avant de se poser quelque part ? me demanda-t-elle en entrant au sein de la demeure.

— Je te suis comme d'hab.

Nous nous servîmes alors deux verres ainsi que de la nourriture. Il y avait des parts de pizza qui semblaient si bonnes. J'avais manqué de déjeuner à cause de deux cours qui avaient eu lieu pendant ma pause déjeuner donc je n'hésitai pas à me goinfrer.

— D'ailleurs, la bande est ici aussi, mais je me suis dit qu'on pouvait passer un peu de temps ensemble avant de les rejoindre.

Elle était si gentille d'avoir passé des semaines à m'inviter partout que j'avais fini par me sentir faire partie intégrante du groupe d'amis.

— Parfait, franchement tout me va, ris-je.

La musique battante, nous dansâmes et rîmes tout le long de l'heure qui suivit. Nous avions une telle complicité que dès que nous étions ensemble, ne nous savions pas nous arrêter. Après tout, nous avions le même sens d'humour. Alors que je m'apprêtais de nouveau à rire à une de ses blagues, mon regard entra en contact avec celui de Ralph, auquel je répondis par un figement physique. Pour tout dire, je ne m'attendais pas à le voir. Mais comment se faisait-il qu'il allait aux mêmes soirées que moi ?

— C'est la soirée de qui au juste ?

— Un gars en troisième année il me semble, pourquoi ?

— Je me demandais quel genre de soirées c'était pour que Ralph et ses amis viennent aussi.

— Ils étaient déjà là quand on est arrivés. Tu ne les avais pas vus ? Pourtant, il t'observait beaucoup, je pensais que tu le regardais aussi.

— Quoi ? Ah, mais pas du tout, je n'en avais aucune idée !

Elle me sourit en réponse tandis que j'essayais de ne plus croiser les yeux de mon coloc.

Je me levai subitement après avoir fini mon deuxième verre.

— On va rejoindre les autres ?

— Oui !

Charlotte termina le sien et me suivit. Nous les trouvâmes au bout d'une vingtaine de minutes. Ils étaient tout près de Ralph. J'avais fait en sorte que nous évitions cette zone jusqu'à ce que nous nous rendions compte qu'ils étaient juste derrière lui. J'allais chercher un troisième verre lorsque l'un d'eux, Matthieu, m'invita à m'asseoir à côté de lui sur le canapé. Il faisait partie des amis de Charlotte avec qui je m'entendais le mieux.

— Alors, comment s'est passée ta semaine ? C'est dommage qu'on n'ait pas trop eu l'occasion de se voir.

— Oui, j'ai été assez occupée cette semaine, désolée ! Mais ne t'inquiète pas, je n'ai pas oublié le café qu'on doit prendre ensemble. Un jour dans la semaine à venir, ça te va ?

— C'est parfait, me sourit-il.

— D'ailleurs, alors, t'en es où avec Chloé ? lui demandai-je en me penchant vers lui.

Je lui avais murmuré la question à l'oreille malgré le bruit, étant donné que l'objet de notre discussion se situait à seulement quelques mètres de nous.

— Je sais pas trop, on s'est parlé hier vis-à-vis de… disait-il lorsque mon cerveau se brancha sur une autre fréquence.

La conversation dans laquelle était impliqué le groupe de Ralph.

— Ralph, prends trois shots ou déshabille-toi, lui dit une fille qui le collait de très près.

Au vu des shots qu'il engloutissait, celui-ci refusa la deuxième option. J'allais me reconcentrer dans ce que me racontait Matthieu lorsque mon sang se glaça à l'entente du commentaire de Pierre.

— Tu bois autant pour pouvoir ensuite utiliser l'excuse de l'alcool pour toucher ta coloc même si elle veut pas ? rit-il.

Je fus stupéfaite et, en observant la réaction de Ralph, je vis qu'elle fut la même que la mienne. Il allait répliquer, mais Nathan le devança. Il se leva de sa chaise.

— Tu viens de dire quoi là ?

— Bah, c'est vrai non ? Sa coloc est bonne, mais elle lui résiste donc il peut la toucher et utiliser le prétexte de l'alcool pour se justifier auprès d'elle si elle l'accuse de l'agresser sexuellement. J'ai déjà fait ça avec des filles et ça passe tranquille.

Je ressentis comme un coup de poignard à l'entente de ces horreurs.

— Répète un peu pour voir, dit Nathan qui commençait à s'énerver.

Mes oreilles commencèrent à bourdonner alors que ma tête tournait légèrement. Ses propos sur l'agression me laissèrent complètement bouche bée. Les yeux écarquillés, j'essayais de traiter ces informations. J'étais sur le point de me lever pour le confronter quand la vue de Ralph me cloua sur place. Il avait viré au rouge et ses phalanges ne pouvaient être plus blanches. Je comptais sur Nathan pour le calmer, mais ce dernier était trop préoccupé à demander des comptes à Pierre. J'attendais alors que les autres retiennent Ralph, mais ils semblèrent vraiment tous si choqués par ce que Pierre venait de dire qu'aucun ne réagissait à la colère de Ralph. Dès que je vis mon coloc se lever, je me précipitai vers lui pour l'arrêter. Une fois arrivée devant lui, il me regarda froidement.

— Ruby, dégage.

— Hors de question. Ce qu'il a dit me vise moi, donc je vais lui parler et je vais régler ça, je ne veux pas que tu t'en mêles.

— Je ne sais pas si tu as entendu, mais en plus du fait qu'il me pense capable de t'agresser, il l'a déjà fait à des filles, et ça me met hors de moi.

— Tout comme moi Ralph, c'est dégueulasse, mais tu dois te calmer. Ça peut dégénérer à tout moment, il ne semble pas avoir de limites.

— Ça tombe bien parce que moi non plus. Maintenant, laisse-moi faire.

— Oh, comme c'est mignon, la coloc vient d'arriver, entendis-je Pierre derrière moi. Tu nous montres un peu tes nichons, que tout le monde en profite.

J'écarquillai les yeux face à ses propos. Comme Ralph, je commençai à bouillir. Alors que j'allais me retourner vers Pierre, je sentis une main se poser sur ma fesse droite. Sachant d'avance que c'était lui, je l'agrippai de toutes mes forces et enfonçai mes ongles dans sa chair avant de me retourner pour lui faire face.

— Oh putain, lâche-moi, fit-il avec une grimace.

— T'as vraiment osé agresser des filles et utiliser le prétexte de l'alcool pour que « ça passe »ou j'ai rêvé ?

— Lâche-moi putain, je vais saigner à cause de toi ! hurla-t-il en fixant son poignet qui virait au bleu.

Me rendant compte de l'ampleur de sa stupidité, je lui donnai un coup dans les bijoux à l'aide de mon genou. Ayant mis toute mon énergie dessus, il se pencha excessivement tout en hurlant de douleur. Son hurlement dépassant l'intensité du brouhaha ambiant, tout le monde s'arrêta et se mit à nous observer dans un silence total, seulement rompu par la musique. Sans réfléchir deux fois à mes actions, alors que sa tête était baissée au niveau de mon coude, j'en profitai pour lui asséner un coup de poing au visage qui nous arracha à tous les deux un cri de douleur, même si sa douleur devait être beaucoup plus importante que la mienne. Il tomba alors et se tint le nez qui se mit à saigner au bout de quelques secondes.

— Ose t'approcher une nouvelle fois de moi et je te jure que je te fais ta fête, sale merde.

Sur ce, je m'enfuis aussi vite que je pus en direction de la salle de bain que j'avais trouvée un peu plus tôt dans la soirée. Heureusement pour moi, elle était vide ; j'y entrai et verrouillai immédiatement la porte derrière moi avant de me laisser glisser le long de cette dernière, la respiration saccadée.

17

Ruby

Je pris ma tête entre les mains en me rendant compte de ce qu'il venait de se passer. Depuis quand réagissais-je ainsi ? Alors que je m'apprêtais à me relever, j'entendis des pas se rapprocher de la salle de bain.

— T'es là ? entendis-je Charlotte crier de l'autre côté de la porte sur laquelle j'étais adossée.

— Oui oui, ça va, ne t'inquiète pas.

— Tu veux que je reste ici ?

— Tu peux y aller, j'arrive dans quelques minutes !

— T'es sûre ?

— Oui oui !

— OK, à tout à l'heure alors. Envoie-moi un message si tu changes d'avis.

J'appréciais énormément le fait qu'elle respectait mon choix d'avoir un moment seule et l'en remerciai intérieurement. Je me remis à penser à ce qu'il venait de se passer. Je ne comprenais toujours pas ma réaction étant donné que je n'étais pas de nature violente, au contraire, avec tout ce qui s'était passé auparavant, j'évitais de passer par ces moyens-là, mais sa réflexion était de trop, tout simplement. Il avait dépassé une limite en parlant d'agresser des filles. Bien évidemment, sa réflexion fit ressurgir mon passé. Ma vue commençait à se brouiller alors que les souvenirs remontaient.

Je n'avais que quatorze ans lorsque j'avais été enlevée et agressée durant deux semaines. Je n'avais pas compris la raison de sa violence. Il m'avait battue pendant des journées entières parce que c'était un sadique qui aimait battre une fille sans défense. Puis, il m'avait utilisée pour exiger une grosse somme d'argent à mes parents, en échange de ma libération. Ces derniers n'avaient pas hésité une seule seconde à payer en espérant qu'il me libérerait. Mais ce ne fut pas le cas. Durant les premières heures avec lui, j'avais ressenti de la peur et je ne faisais que pleurer. Mais au bout de quelques jours de violences, je m'étais dit que c'en était fini pour moi, j'avais donc séché mes larmes. Coup après coup, sa ceinture s'abattait sur ma peau de plus en plus fort. J'avais eu des plaies extrêmement profondes, je hurlais et essayais de me débattre, mais ne ressentais rien d'autre que la douleur.

Un voisin avait mis fin à mon cauchemar lorsqu'il a alerté les forces de l'ordre après avoir entendu des hurlements provenant de la maison une nuit. Les bleus, au fil des semaines, avaient disparu, mais pas toutes les cicatrices. Celles dans le bas du dos, sur les côtes et à l'intérieur de mes cuisses étaient restées et formaient des sillons épais. C'étaient les marques des coups les plus violents reçus de la ceinture et d'une barre en fer. La douleur était si atroce que j'espérais ne pas me réveiller après mes évanouissements. Tout cela s'était passé quatre ans auparavant. Quant au ravisseur, il avait réussi à s'enfuir en entendant les sirènes de police et nous ne l'avions pas retrouvé.

La voix de Ralph me tira de ma rêverie.

— Ruby ? l'entendis-je de l'autre côté de la porte. Ça va ?

— Oui, lui répondis-je après m'être éclairci la gorge.

J'allais lui demander de partir quand je me souvins du fait qu'il était resté avec Pierre dans le salon durant un bon bout de temps. Je me levai alors rapidement et ouvris grand la porte à la recherche d'un indice qu'il se serait battu. Cependant, je ne trouvai rien, seulement un Ralph perplexe.

— Tu ne t'es pas battu avec Pierre ?

— Je voulais me battre avec lui, mais tu as déjà fait ta part des choses pour, en partie bien sûr, m'empêcher de m'y mettre, donc je pense te devoir ça au moins.

— Je ne pensais pas que tu te dirais cela, donc merci.

Il me sourit faiblement avant de me demander s'il pouvait entrer.

— Bien sûr, lui dis-je en me décalant du cadre de la porte pour lui laisser de la place. Je verrouille ?

— Oui, comme ça on verra pas de puceaux entrer ici à l'aveugle avec je ne sais quelle autre personne.

Je n'adhérais absolument pas à ses propos, mais je décidai de tourner le verrou tout de même, histoire de ne pas être dérangés. Lorsque je me retournai vers Ralph, je le vis s'installer dans la baignoire, m'invitant à le rejoindre. Je m'assis alors face à lui, tout en fuyant ses yeux.

— Arrête d'éviter mon regard, l'entendis-je sourire.

— Je ne t'évite pas, le regardai-je en faisant croire que cela ne m'affectait pas.

— Pour une bonne menteuse, tu mens très mal.

— Bonne menteuse ? le repris-je.

— Oui.

— Pourquoi dis-tu que je suis une menteuse ?

— Il n'y a vraiment que toi pour te réveiller le matin en pleurant et dans tous ces états après un cauchemar et dire à son amie une dizaine de minutes plus tard que tu vas à merveille avec un sourire étincelant.

Je fus prise de panique lorsque je me rendis compte qu'il avait été attentif à cela.

— Euh... Je… Pourquoi ?

— Pourquoi quoi ?

— Pourquoi t'es-tu rendu compte de ces choses qui me sont si personnelles ?

— Merde, posa-t-il en baissant les yeux. Je ne voulais pas que tu te sentes observée. C'est juste que quand on fait une coloc à deux, il faut bien s'attendre à ce que l'autre personne apprenne des choses sur toi, que tu le veuilles ou non. Je te vois tous les jours, ta façon de te préparer, bosser, rire, pleurer, parler au téléphone, sortir et dormir.

— Très vrai, hochai-je la tête, un tantinet rassurée. Je me rends compte qu'en fait je te connais quand même, d'après ce que je vois tous les jours.

— Et tu penses que je suis comment ?

— Tu te montres fort, légèrement agressif, froid et sûr de toi, mais en réalité, tu es sensible et tu as traversé des choses qui t'ont marqué. Ce n'est pas négatif. Tu as une idée exacte de comment est la vie, donc je pense que ça te permet de plus apprécier des moments qui sembleraient anodins pour d'autres.

Il haussa les sourcils, comme épaté, et se mit à sourire.

— Tu étudies quoi, déjà ?

— Le droit, ris-je. Mais je pense me réorienter en psycho.

— Effectivement, tu sembles être bien attentive au comportement humain. Mais, plus sérieusement, tu étudies aussi le droit ?

— Oui, Nathan m'a dit que c'était également ton cas.

— Ouais, et alors tu t'en sors ?

Je m'apprêtais à lui répondre quand je fronçai des sourcils. Discuter de tout cela avec lui comme s'il n'y avait rien de plus naturel m'était totalement étranger. C'était comme si j'apprenais à le connaître en lui parlant pour la première fois. Dans un sens, c'était le cas. Depuis le début de la coloc, nous ne nous étions pas proprement assis pour parler de ces choses-là, mais en même temps, le fait que nous vivions ensemble me donnait l'impression de le connaître intimement.

— Ruby ?

Il me sortit de ma transe.

— Oh oui, désolée, souris-je. Hum, oui je m'en sors, enfin il n'y a rien de bien méchant pour l'instant.

— C'est déjà ça, et puis j'ai vu que t'as un bon rythme dans tout ce qui est revoir ses notes, donc c'est bien.

— Oui, après ce n'est pas quelque chose que tu connais apparemment, le taquinai-je.

— Comment ça ? me demanda-t-il très au sérieux, sans l'once d'un sourire.

— Je plaisantais avec Nathan sur le fait que je pouvais te demander tes notes, mais il m'a rapidement expliqué comme quoi tu prenais très peu de notes et je ne te vois pas forcément les revoir dans la chambre, donc voilà.

J'observai attentivement sa réaction, étant donné que j'avais peur qu'il ne prenne mal le fait que je sache ce genre de détails sur lui. Cependant, je vis ses traits se détendre et fus rassurée de voir qu'il hocha la tête en guise de réponse. Au bout de quelques minutes, quelqu'un toqua à la porte.

— Ruby ? m'appela Charlotte.

Je me levai alors pour lui ouvrir la porte en grand afin de lui faire voir Ralph.

— Salut Ralph ! dit-elle en le voyant.

Il lui sourit à peine, mais fit un bref signe de la main.

— Ça va ? me demanda-t-elle avec un léger sourire.

— Oui, ça va.

— Chloé ne se sent pas très bien, donc on va probablement finir la soirée dans une de nos chambres. Tu veux venir avec nous ou rester ici ?

Je me retournai pour voir la réaction de Ralph, mais au moment où nos regards devaient se croiser, il détourna immédiatement le sien et se mit à fixer ses ongles.

— Je vais rester ici, me décidai-je.

— D'acc. En tout cas, si tu veux nous rejoindre, t'as juste à m'appeler.

— C'est gentil. Bisous, amusez-vous bien !

Elle m'étreignit.

— Oui, toi aussi. Et Ralph, ne la laisse pas rentrer toute seule, s'il te plaît.

— T'inquiète, lui confirma-t-il avant qu'elle s'en aille.

18

Ruby

— Je ne suis pas une enfant qui a besoin d'être raccompagnée, dis-je à l'attention de Ralph en refermant la porte derrière moi.

— Peut-être pas, mais c'est pas très sûr de rentrer toute seule la nuit.

— Hmm, hochai-je la tête dans le vide. T'as des frères ou sœurs ?

Je changeai de sujet de conversation assez brusquement.

— Une sœur et toi ?

— Personne.

— Des chiens alors ? plaisanta-t-il comme pour essayer d'alléger l'atmosphère.

Elle n'était pas particulièrement tendue, mais c'était comme si quelque chose nous tracassait, ne me laissant pas respirer tranquillement ; probablement cette proximité soudaine qu'il y avait entre nous. Je ris à sa question et lui répondis par la négative.

— Si seulement… souris-je.

— Donc tu aimerais en avoir un.

— Bien évidemment ! fis-je, légèrement trop joyeuse.

Le sourire aux lèvres, j'essayai de chercher un sujet à aborder, mais n'en trouvai guère. J'en savais déjà beaucoup sur la relation qu'il avait avec Nathan par ce dernier qui m'avait déjà dit tout ce qu'il y avait à savoir.

— Bon, je pense que je ne vais pas tarder à rentrer, lui dis-je afin de mettre fin à ce blanc.

— Ouais, moi aussi, ajouta-t-il en se levant.

Il me tendit une main pour me faciliter la tâche, chose que j'acceptai volontiers. J'étais prête à sortir de ce pas lorsqu'il s'approcha brusquement de moi, effaçant le mètre de sécurité que j'avais laissé entre nous. Nous voici à cet instant-là séparés par quelques ridicules centimètres. Nous nous regardâmes alors dans les yeux pendant de longues secondes. J'eus même le temps de sentir ma gorge devenir sèche. En déglutissant, je la raclai rapidement en sentant mes membres à deux doigts de faillir. Je ne comprenais absolument pas ce qu'il m'arrivait. Pourquoi me faisait-il tant d'effet ? Il secoua rapidement la tête et retrouva sa contenance habituelle. Je le sentis alors tirer sur mon manteau. En abaissant mon regard, je me rendis compte que c'était pour cacher mon haut.

— Pourquoi ? réussis-je à demander d'une petite voix.

— Ton haut est transparent.

— Pas entièrement quand même.

— Même, me dit-il en souriant et en ouvrant la porte.

Malgré le léger tournis que cette interaction causa, j'avançai devant lui. Une fois que j'eus expiré tout l'air qui s'était accumulé dans mes poumons, je me dirigeai vers le salon pour regagner la sortie. Je le sentais juste derrière moi à chacun de mes pas. Alors que j'avais atteint la sortie, j'entendis Nathan nous appeler.

— Tout va bien ? nous demanda-t-il en nous regardant à tour de rôle.

Il devait probablement se demander pourquoi on ne s'entretuait pas.

— Oui, t'inquiète, Ruby est seulement fatiguée, donc on va rentrer.

— D'acc, dit-il à son attention avant de me regarder. On déjeune toujours ensemble demain midi ?

— Absolument, je t'enverrai un message à mon réveil, le prévins-je.

Il hocha la tête et repartit rejoindre ses amis tandis que je sortis de la maison toujours bondée d'étudiants. Le chemin du retour se passa assez calmement avec quelques questions par-ci par-là, mais la tension était toujours présente. C'était comme si je ressentais une sorte de frustration. Au fond de moi, j'étais sincèrement déçue qu'il n'ait pas tenté quelque chose. Malgré notre alchimie palpable, je ne savais pas ce qu'il fallait pour que l'un de nous effectue le premier pas. Malgré le fait qu'il était fatigant et arrogant, quelque chose de si fort m'attirait vers lui et j'espérais secrètement que ce soit réciproque.

— Tu es sûre que tout va bien ? me demanda-t-il alors que je venais de lui répondre pour la énième fois.

— Oui, lui dis-je rapidement pour m'empêcher de lui dévoiler la raison de ma frustration.

— Ruby, je vois bien que quelque chose te tracasse.

Il s'arrêta de marcher. Mais je poursuivis la conversation tout en continuant d'avancer.

— Ralph, je t'assure que tout va bien.

— Ruby, arrête-toi.

Je ne voulais absolument pas l'écouter, mais mon corps ne semblait plus me répondre. Mes pieds cessèrent d'avancer et je me retrouvai à être immobile, baignée par la lueur d'un lampadaire. En entendant les pas de Ralph se rapprocher doucement derrière moi, je déglutis péniblement et ma respiration s'accéléra.

— Ruby, retourne-toi, l'entendis-je alors me souffler au creux de mon oreille.

En m'exécutant doucement, je le vis à une douzaine de centimètres de moi. Nos regards se rencontrèrent alors et à ce moment précis, ce fut comme si le reste du monde n'existait plus. Comme s'il n'y avait que lui et moi. S'il avait posé sa main par-dessus mon cœur, il aurait vu à quelle vitesse ce dernier battait. Je n'avais jamais ressenti une telle sensation. Je voulais à tout prix faire un pas en arrière, car je n'arrivais plus du tout à réfléchir, mais son attention se focalisa sur mes lèvres et ce fut le début de ma perte. Je venais de les humecter à cause d'une soudaine sensation de sécheresse lorsque ses lèvres se posèrent sur les miennes, m'arrachant un gémissement de plaisir et un soupir de soulagement. Son geste me laissa bouche bée, m'empêchant ainsi de lui rendre son baiser. J'avais l'impression que j'avais attendu cela toute ma vie. Il avait été tellement froid par moments que je ne l'avais jamais considéré comme un candidat pour mon cœur. Mais je ne pouvais pas ignorer notre désir réciproque ; l'attirance existait depuis le début.

Probablement en voyant que je ne rendais pas son baiser, il décolla nos lèvres, à mon plus grand malheur. Cependant, il maintint tout de même la proximité tout en me regardant d'un air interrogateur. Nous restâmes comme cela, sans bouger, pendant de longues secondes, où nous pouvions entendre nos respirations fortes et synchronisées. Après ce qui fut une éternité, ce fut à mon tour de sceller nos lèvres par ce qui me sembla le baiser le plus intense au monde. Dès qu'elles entrèrent en contact, il plaça sa main droite dans mon dos pour coller mon corps au sien, tandis que sa main gauche remonta le long de mon bras jusqu'à mon cou, de sorte à maintenir nos bouches pressées l'une contre l'autre.

En sentant sa langue se frayer un chemin jusqu'à la mienne, je ne pus m'empêcher de gémir sous la sensation de bien-être fulgurante que cela me procura. Je n'avais jamais connu quelque chose d'aussi intense. Accaparée par les palpitations que ce baiser engendrait, je ne prêtais plus attention aux alentours. Il n'y avait que ce baiser qui comptait. Après ce qui semblait être une éternité, nous finîmes par décoller nos lèvres. Alors que nos regards se croisèrent, nous retirâmes nos mains du corps de l'autre. En faisant un pas en arrière, je ne pus m'empêcher de baisser les yeux. J'avais les joues en feu, les lèvres en feu, le bas du ventre en feu, tous mes sens étaient embrasés.

Il fallait que je reprenne mes esprits.

— Ça va ? me demanda-t-il d'une voix qu'il n'avait jamais utilisée avec moi auparavant.

Elle était si douce que je ne l'aurais pas reconnu si nous n'étions pas seuls dans les parages. Je hochai alors de la tête tout en évitant ses yeux.

— Ruby ?

Je le sentis alors insister du regard pour que je lève la tête, et c'est ce que je fis. Je haussai les sourcils et lui souris légèrement pour lui faire croire que tout allait bien et que nous pouvions continuer notre marche vers le campus. Il n'insista pas et nous nous mîmes à marcher dans le silence. En jetant un coup d'œil à mes mains, je vis qu'elles tremblaient.

Cela me montrait à la fois que je n'avais pas rêvé et que ce baiser était si puissant que j'en réagissais physiquement d'une partie du corps si banale que les mains.

— C'était, hum, intense, finit-il par dire au bout d'une dizaine de minutes.

Je ne pus m'empêcher de sourire.

— C'est le moins qu'on puisse dire.

19

Ruby

À deux minutes du campus, je reçus un message de la part de Charlotte, me demandant si j'allais les rejoindre à l'after dans sa chambre.

Je ne sais pas trop, Cha.

Allez viens ! Ça va être juste entre nous, avec les copains !

Je pensais à l'étrangeté de rentrer avec Ralph dans la chambre, tous les deux, après avoir partagé un baiser trop ardent à mon goût. Appréhendant le moment où nous nous retrouverions dans une pièce aussi petite que notre chambre, je décidai d'accepter pour que nous ayons le temps de réfléchir à ce qui venait de se passer.

Bon d'accord, mais pas pour trop longtemps.

Yes ! Je viens te chercher au lobby dans quelques minutes.

Parfait.

Nous entrâmes dans la résidence et je ralentis ma cadence pour lui faire comprendre que je m'arrêtai ici.

— Ça va ?

— Oui oui, je vais juste rejoindre des amis pour pas très longtemps, lui expliquai-je.

L'avoir face à moi, si près, après un moment aussi intense me semblait plutôt dangereux.

— D'acc, je verrouillerai pas la porte alors, à toute.

— À toute, lui dis-je alors qu'il s'éloignait.

Ce fut à ce moment-là que Charlotte me rejoignit, grand sourire.

— Alors ?

— Alors… ?

Je me sentis rougir immédiatement.

— Bah, vous avez parlé longtemps dans la salle de bain, vous avez parlé de quoi ?

— Aaah oui, enfin, on a parlé un peu de tout et n'importe quoi.

Elle fronça des sourcils.

— Attends, mais pourquoi est-ce que tu es toute rouge comme ça ? Oh, mon Dieu ! Qu'est-ce qu'il s'est passé ? Vous vous êtes embrassés ? s'écria-t-elle comme si je venais d'avouer un meurtre.

— Non, pas du tout !

— Ruby, je vois très bien que tu mens. T'es toute rouge. Raconte-moi tout !

— Tu m'énerves, finis-je par lui répliquer en esquissant un sourire.

Je lui expliquai alors ce qu'il s'était passé tandis qu'elle me guidait pour rejoindre les autres.

— Ouah ! Attends, faut que je reprenne du moment où il a réajusté ton manteau. Je suis désolée, mais c'est pas un détail auprès duquel passer ! Et puis, il avait l'air vachement intense, votre baiser, et regarde-toi, mon Dieu ! Tu rayonnes !

— Tu trouves ?

Je posai mes paumes sur mes joues pour les rafraîchir.

Elle leva simplement les yeux vers le plafond avant de sourire.

— Oui, ça va aller là-dedans ?

— Bien sûr !

Je rentrai alors dans la pièce bondée de personnes et parvins à trouver Matthieu parmi la foule.

— Je suis tellement désolée pour tout à l'heure !

— Mais ne t'inquiète pas, voyons, me sourit-il.

— Si quand même, je me sens mal de t'avoir laissé comme ça, tout s'est passé tellement vite.

— Tant que toi ça va, ça me va, t'inquiète vraiment pas, Ruby.

— Merci beaucoup.

Je lui souris puis lui demandai s'il y avait eu du progrès avec Chloé.

Ce que je pensais être un passage rapide finit par devenir deux bonnes heures de conversation. Éventuellement, je finis par dire au revoir à tout le monde et regagnai ma chambre. En y entrant, je vis Ralph fermer le carnet dans lequel il était en train d'écrire à la vitesse de l'éclair.

— Tu m'as fait peur.

Il se retourna pour me regarder.

— J'ai vu ça, dis-je en refermant la porte. Je suis désolée de ne pas avoir toqué, mais je te pensais endormi.

— T'inquiète.

En regardant la pièce, je me rendis compte que la seule source de lumière était la lampe de chevet de Ralph, dégageant une atmosphère assez intime, étant donné la situation. Le souffle soudain coupé et les mains tremblantes, je m'avançai jusqu'à mon armoire pour enlever mes chaussures. Une réaction physique aussi importante me surprenait, car pour tout dire, je ne pensais pas être aussi ébranlée face à lui. Je trouvai l'excuse d'aller me changer pour pouvoir m'éloigner de cette pièce pendant quelques minutes lorsqu'il proposa de sortir le temps que je me change.

— Oh non, je veux pas te déranger.

— T'inquiète, ça va pas me tuer de me tenir derrière la porte pendant quelques secondes.

Il sortit donc le temps d'une minute. En rentrant dans la chambre, il m'étudia rapidement avant de se rallonger sur son lit, ordinateur en main. Je pliais mes habits lorsqu'il me demanda ce que j'avais fait pendant ces deux dernières heures.

— Hum... pas grand-chose, j'ai tout simplement papoté avec des amis.

— D'acc.

— Pourquoi tu ne dors toujours pas, d'ailleurs ? lui demandai-je par simple curiosité lorsqu'il se releva et se retourna vers moi.

— C'est pour ça que tu es rentrée aussi tard ?

— Je te demande pardon ?

— Tu as dit que tu allais rapidement voir des amis et finalement ça a duré deux heures.

— Qu'insinues-tu ?

— Que tu as fait exprès d'attendre aussi longtemps avant de rentrer.

— Bien que ça soit tout à fait plausible, ce n'est pas du tout le cas. Je m'étais même pas rendu compte qu'autant de temps s'était écoulé lorsque j'ai jeté un coup d'œil à l'heure. C'est pour ça que j'ai décidé de rentrer.

— T'es sûre ? demanda-t-il en haussant des sourcils.

— Oui Ralph, je suis plutôt sûre de ce à quoi je pensais.

— Mais on va en parler ou pas ?

— De ?

Il s'arrêta et haussa des sourcils.

— Tu sais très bien de quoi je veux parler.

— Que veux-tu qu'on se dise ?

— Ça signifiait quoi pour toi ?

— Tu crois vraiment que j'en ai une fichue idée de ce que ça signifie ? C'est bien toi qui m'as embrassée en premier.

— Oui, mais tu l'as rendu après.

— Peut-être parce que je me suis rendu compte qu'il y a cette putain d'alchimie entre nous, Ralph, et que j'aurais pas pu y résister même si je l'avais voulu ! m'exclamai-je, me rendant compte que j'étais beaucoup trop troublée par ce qui s'était passé.

— Je pensais pas que ça te toucherait à ce point.

— Ça m'a touchée car je ne m'étais pas préparée, et puis qu'est-ce que ça signifiait exactement ? On passe à de l'indifférence, à quelques conversations, à l'ignorance puis à ça. Je comprends vraiment pas dans quelle direction on va.

— Moi non plus, Ruby. D'habitude, il n'y a rien.

— Comment ça « il n'y a rien » ?

— Il n'y a rien dans le sens où j'ai juste mes potes et puis si je rencontre des gens qui ressortent du lot, eh bien je deviens pote avec ou sinon il y a plus d'interactions. Mais avec toi, c'est juste étrange. On est pas amis, mais on est pas des inconnus et j'ai déjà eu des colocs avec qui j'étais ni l'un ni l'autre, mais j'en avais vraiment rien à foutre d'eux. Toi je ne sais pas, j'ai envie de te parler, t'es intrigante, mais pourtant on n'est pas amis et argh ! Juste, je ne comprends pas !

Je sursautai à la hausse de sa voix et l'observai les yeux écarquillés. J'allais lui répondre, mais les mots ne voulaient pas sortir. Il vit alors que j'étais surprise, sinon que j'avais légèrement peur, et je pus voir du regret dans ses yeux. Et le connaissant, il n'allait pas chercher à s'excuser, mais à fuir.

Comme prédit, il prit sa veste et sortit de la chambre en claquant la porte. Je savais que je n'étais pas censée faire ça, mais son comportement m'inquiétait sérieusement. Je pris donc mon long manteau, enfilai mes chaussures et sortis de la chambre, clés et portable en poche.

En empruntant la sortie du campus la plus proche, je l'aperçus arpenter la rue un peu plus loin. J'allais l'interpeller pour lui demander où il allait, mais je savais que si je faisais ça, il allait probablement me mentir. Je décidai donc de continuer à le suivre.

Cela faisait une bonne dizaine de minutes que je le suivais, à me demander s'il savait que j'étais derrière lui et s'il allait m'envoyer balader. Je m'apprêtais à rentrer, trop fatiguée, quand je le vis tourner dans une ruelle peu éclairée et pénétrer dans un bâtiment. Le vigile posté devant le toisa d'un air supérieur avant de le laisser entrer. Juste après, je me présentai au vigile sans rien dire. Il me regarda de haut en bas.

— Vous pouvez me laisser passer, s'il vous plaît ?

— Et tu es ?

— Lenoir.

— Drôle de prénom.

— C'est mon nom de famille.

Je passais dix minutes à essayer de le convaincre quand un groupe de garçons se posta derrière moi. L'un d'eux parla.

— Alors Marco, tu ne laisses pas entrer cette beauté ?

— J'sais pas d'où elle sort, répondit le soi-disant Marco.

— C'est bon, elle nous accompagne, dit un autre en me souriant.

Il avait l'air plutôt inoffensif. Je ne pouvais cependant pas dire la même chose de son copain qui avait l'air d'un sacré coureur de jupons. Alors que Marco me regardait en soupirant, il s'écarta et ouvrit la porte derrière lui. Une fois rentrée, le premier garçon me toisa du regard.

— Qu'est-ce qu'il y a ? lui demandai-je.

— Tu ne sais même pas où tu es, tu devrais pas traîner toute seule ici.

— Bien sûr que je sais où on est, lui répondis-je en pensant à une boîte de nuit.

— On est où alors ?

Alors que je longeais le couloir qui menait à l'endroit, j'allais lui répondre quand j'entendis des cris : « Allez, frappe-le ! », « Amoche-le ! » et « Match terminé ».

— Un… tournoi de boxe, dis-je à voix haute.

— Tu ne sais pas quel genre de tournoi, ma belle. Tu devrais rentrer chez toi.

— Pas avant d'avoir trouvé la personne pour laquelle je suis venue, lui dis-je avant de me faufiler dans la foule.

À cause de la foule qui applaudissait et chahutait, je ne pouvais pas voir ce qu'il se passait. Cependant, plus je m'avançais, plus je comprenais : ils encourageaient deux combattants à se battre sur le ring dominant la pièce. Ce fut alors que deux hommes, ou plutôt garçons, montèrent sur le ring. Je n'apercevais que le visage de l'un. Il regardait son adversaire avec tant de haine que j'en eus des frissons.

Lorsque le départ de l'affrontement fut sifflé, le garçon à grande carrure dont je voyais le visage se rua sur l'autre. Je crispai le visage, ne pouvant imaginer la douleur, quand je vis qu'il assigna une droite, puis une deuxième, à son adversaire. Ce dernier tomba en arrière, mais réussit à rapidement se relever et renverser son adversaire après lui avoir enfoncé le genou dans le ventre. Détachant mon regard de ces deux insensés, je cherchai Ralph du regard. C'est là que j'entendis les boxeurs s'exciter et que mon attention se reporta sur le ring. Le garçon qui me faisait face donna à l'autre un coup qui le fit tomber à terre. Tous deux avaient des traces de sang sur le corps. Après tout, ils n'y allaient pas de main morte et le combat semblait illégal, avec des règles hors normes. Celui qui venait de tomber se releva avec énormément de difficulté et arriva de l'autre côté du ring en effectuant un demi-tour, me dévoilant enfin son visage. Il m'était familier, malgré la colère intense qui régnait dessus. En le reconnaissant, ma mâchoire s'effondra, n'y croyant pas. Mais si…

Ralph.

20

Ruby

Après être restée bloquée pendant une minute sur le visage de Ralph, je me ruai vers ce dernier. Il venait de recevoir un gros coup de poing lorsque j'allai passer entre les cordes. Cependant, un garçon immense du staff m'attrapa comme si je ne pesais pas plus de quelques kilogrammes et me retint d'une facilité déconcertante pendant que j'essayais de me libérer de sa prise.

— Mais lâche-moi ! hurlai-je de toutes mes forces en regardant Ralph se battre.

Ce dernier, par miracle, entendit ma voix et se tourna vers moi. Il fronça les sourcils et sa bouche s'entrouvrit par surprise.

— Tu n'as pas le droit de passer et tu vas te faire mal ! me répondit le colosse.

— Je connais celui qui se bat, laisse-moi passer, le suppliai-je en le regardant dans les yeux.

— Je suis désolé, mais pour la sécurité de tout le monde tu ne peux pas, me dit-il en m'éloignant du ring.

Je tournai alors la tête vers Ralph et le vis se faire frapper alors qu'il me regardait partir, ne comprenant pas la situation. Je voulais lui dire d'arrêter, mais qui étais-je pour lui demander cela ? Je lui criai alors une seule chose avant qu'il ne puisse plus m'entendre.

— Défends-toi !

Le garçon continua de m'éloigner de la foule et je me laissai faire. Au bout de cinq minutes à essayer de le convaincre de me lâcher alors qu'il m'avait ramenée à un coin de la pièce, je le vis regarder derrière moi.

— Tu peux la lâcher maintenant, dit une voix que je reconnus instantanément.

Le géant me lâcha alors et finit par s'en aller après vérification auprès de Ralph. Mon regard se dirigea ensuite vers ce dernier qui avait du sang séché sur les arcades sourcilières et qui ne tenait pas très droit ; il avait le dos légèrement courbé.

— Non, mais qu'est-ce que t'es venue foutre ici ? me demanda-t-il en colère alors que je me massais les poignets et le bras droit. Il t'a fait mal ?

— Quoi ? Non, non, c'est seulement moi qui me débattais, donc je me suis fait mal toute seule.

— Mais pourquoi est-ce que tu as des bleus pareils, alors ?

Il les toucha sur mes poignets.

Je fus assez déconcertée par son action et vis que lui aussi, lorsqu'il retira brusquement sa main en fronçant des sourcils.

— Parce que je marque assez facilement. Mais donc, tu oses me demander ce que je fais ici ? C'est plutôt à toi que je pose la question.

— Je fais ce que je veux, aux dernières nouvelles.

— Et moi donc.

— Tu m'as suivi, Ruby ! cria-t-il, attirant l'attention de certaines personnes.

— Pourquoi est-ce que tu es si énervé, pour commencer ? Tu devrais pas être épuisé après ce combat ?

— Je le suis, mais bon, j'ai été assez dérangé par ton apparition inattendue. En plus, ça m'a coûté quelques bleus.

— Désolée, déclarai-je en baissant les yeux.

Je n'étais pas de nature à m'excuser rapidement, mais il était vrai qu'il s'était pris plusieurs coups sans pouvoir se défendre à cause de ma venue.

— T'as mal ? me demanda-t-il en me voyant encore me masser les poignets.

— Non, non, ça va, lui dis-je en arrêtant. Et toi ?

— Ça va, faut juste que je m'allonge. On rentre ?

— T'as fini ?

— Il me reste deux combats, mais vu que tu es là, je compte pas rester.

— Mais ce n'est pas déclarer forfait ?

— Si.

— Bah, fais-les alors, je vais juste rentrer.

— Non.

— Comment ça « non » ?

— J'ai pas envie que tu rentres toute seule, surtout que ce quartier craint énormément. Je vais juste rentrer avec toi.

— Mais non, Ralph, si tu as des combats à faire, je n'ai pas envie que tu déclares forfait à cause de moi.

— T'aimes bien le fait que je fasse des combats de boxe illégaux ?

— Absolument pas, mais qui suis-je pour t'en empêcher ?

— J'ai pas envie de rester dans tous les cas, on y va.

Je n'allais pas plus le contredire et décidai donc de le suivre vers la sortie. Alors que nous allions l'atteindre, une forme humaine vint s'interposer sur notre chemin.

— Alors, beau gosse, on me présente pas sa copine ?

Je reconnus la carrure imposante de l'adversaire de Ralph. En jetant un coup d'œil vers mon colocataire, je vis son corps tout entier se crisper.

— C'est pas ma copine, mais t'en approche pas.

— Tu m'étonneras toujours. Je pensais que c'était une autre de tes putes, mais tu t'en foutais quand je me les faisais aussi.

— Ouais, bah t'as pas intérêt à poser tes mains sur elle, c'est… une amie.

Je ressentis une pincette au cœur à l'entente du mot « amie », mais après tout, c'était mieux qu'il l'interdise de me toucher qu'autre chose. Le garçon me jeta un regard malsain que Ralph interrompit rapidement.

— On va partir, annonça-t-il brusquement avant de me garder près de lui alors que nous passions devant l'individu.

Une fois dehors, Ralph accéléra ses pas en sombrant dans ses pensées.

— Wouhou, l'interpellai-je. Tu pourrais marcher moins vite, s'il te plaît ?

Il ne répondit rien, mais s'ajusta à ma vitesse.

— Pourquoi est-ce que tu fais ces combats au juste ?

— Un moyen de me défouler.

J'expirai alors fortement et trop fatiguée pour discuter, je me demandai seulement quel était son bagage émotionnel pour vouloir se défouler avec des combats de boxe illégaux.

Une fois rentrés, je pris une bonne douche, mis de la pommade sur les bleus qui s'étaient formés et m'allongeai sur le lit, épuisée. Ralph entra dans la chambre, vêtu seulement d'un jogging gris, ce qui me laissa admirer ses beaux tatouages. Il enfila ensuite un t-shirt gris en guise de pyjama et s'assit sur son lit, un bouquin en main. Je me sentais trop exposée avec mon short court, allongée comme je l'étais au-dessus de ma couette pour supporter le chaud. Je m'apprêtais donc à couvrir mes jambes à l'aide de la couette lorsque j'entendis une inspiration brusque de la part de Ralph. Je regardai en sa direction et le vis fixer le haut de ma cuisse, plus particulièrement mes cicatrices.

— C'est quoi, cette putain de merde ?

— Pardon ?

— Tu m'as entendu, c'est quoi cette merde, Ruby ?

Il se leva du lit. Je recouvris alors immédiatement cette partie-là de la couette et l'interrompis dans son élan vers moi.

— Ne t'avance plus Ralph, lui dis-je froidement.

Il s'arrêta immédiatement, probablement apercevant ma détresse. Je ressentais une multitude d'émotions, dont de la colère envers moi-même pour avoir été si négligente dans un moment de fatigue. J'aurais dû anticiper la visibilité de mes cicatrices.

— Qu'est-ce que c'est ?

— Rien.

— Ne me mens pas, putain, tu t'es fait ça toute seule ?

Il semblait en colère.

— Tu crois vraiment que je voudrais m'infliger des putains de cicatrices qui ne vont jamais s'en aller ? lui demandai-je d'un niveau sonore plus important que je ne le pensais.

— *Quelqu'un* t'a fait ça ? s'exclama-t-il.

— Ralph, arrête.

— Qui a osé te faire ça, Ruby ?

Je le regardai droit dans les yeux.

— Écoute, Ralph. Je n'ai pas dit que c'était le cas. Je veux seulement que tu me foutes la paix. Je suis épuisée, il est tard, je n'ai qu'une envie : dormir. Donc si tu veux bien me laisser tranquille, bonne nuit.

Je me glissai alors entièrement sous la couette et lui tournai le dos. Ma respiration rapide et irrégulière trahissait ma panique et ma douleur. Je ne voulais absolument pas rouvrir ces plaies, et encore moins auprès de Ralph.

21
Ralph

Je ne voulais pas que cette soirée finisse comme ça. Pas après tout ce qu'il s'était passé. Je n'étais pas sûr qu'elle était en train de dormir, alors je décidai de parler à voix basse, une dizaine de minutes plus tard.

— Ça va mieux tes poignets ?

Son léger mouvement de la tête m'indiqua qu'elle m'avait entendu.

— Oui, répondit-elle doucement.

— Ça t'a vraiment pas plu que je participe à ces combats ?

— Bien sûr que non, Ralph, je pensais qu'on avait passé un bon moment à parler.

— Ça n'enlève pas ce moment-là, tu sais, me surpris-je à la rassurer.

— Eh bien, quelque part si, vu que tu t'es emballé lorsqu'on a abordé notre relation, me dit-elle en se retournant vers moi.

Ses yeux rougis et à peine ouverts me hurlaient de la laisser dormir, mais c'était plus fort que moi. Il fallait que je comprenne.

— Oui, mais ça ne veut pas dire que je regrette quoi que ce soit.

— C'est l'impression que j'ai eue, Ralph, me dit-elle avec une note de tristesse. Si tu ne veux plus que l'on ait de contact à part le strict minimum, tu n'as qu'à me le dire et ça sera exécuté parce qu'à présent, j'en ai vraiment marre de tous ces jeux.

— C'est pas ça, Ruby !

Elle se redressa.

— Alors, qu'est-ce que c'est ?

Assise en tailleur, elle attendait que je réponde à sa question, tout en agitant son genou droit, signe d'angoisse.

— Je sais pas ce qui se passe, d'accord ? C'est pour ça que je suis allé me battre.

— Parce que tu étais confus ?

J'hésitai à lui dire la vérité, que c'était parce que j'avais pris peur, et puis celui qui cache ses sentiments a rapidement pris le dessus.

— Non, parce que j'ai pas l'habitude, finis-je par lui dire.

— De ?

— Que je ne sache pas où caser quelqu'un, avouai-je.

— Comment ça ?

Putain, Ruby…

Je décidai quand même d'être honnête sur ce fait-là.

— Eh bien, que tu sois ni une amie ni une inconnue. Je ne te considère pas seulement comme ma coloc, mais tu n'es pas comme une amie, donc c'est bizarre, c'est différent, je n'ai pas l'habitude, d'accord ? dis-je d'un ton un peu trop agressif.

— Et tu penses que te réfugier dans des activités sombres t'aide ?

— Ça me permet d'oublier temporairement, donc oui.

Elle me regarda, assez perdue. Elle parut réfléchir à quoi répondre, mais ne sembla rien trouver. Je décidai de la laisser tranquille sur cela et éteignis la lumière avant de m'installer dans le lit. Après avoir longuement réfléchi, je conclus de reprendre ma vie d'avant, sans attaches, en espérant éloigner Ruby. Je ne pouvais pas m'ouvrir de cette façon-là à une fille, c'était juste impossible. Je ne pouvais pas lui tendre les cartes pour qu'elle puisse me blesser. Le baiser était beaucoup trop étrange, il était… agréable. Il m'avait donné envie de la prendre dans mes bras, de lui faire un long câlin et c'était quelque chose que je n'avais jamais considéré. Depuis quand pensais-je à autre chose que coucher avec une fille ? Il fallait que j'arrête.

Cependant, pour une raison inconnue, je ne pouvais pas le faire de moi-même, il fallait que je cause des événements qui allaient la mener à me repousser, c'était plus fort que moi. Je ne pouvais tout simplement pas l'affronter directement sur ce sujet-là.

22
Ruby

J'étais en train de rêvasser pendant mon cours d'histoire juridique lorsque mon portable vibra dans mon sac.

C'était Ralph.

Ralph : Y aura une soirée vendredi soir, près du campus.

Une soirée ? Pourquoi me prévenait-il ? S'attend-il à ce que j'y aille ?

Moi : Quel genre de soirée ?

Ralph : Tu réponds vite.

Ralph : Et du genre une fête étudiante chez un gars.

Moi : Je verrai si j'y vais, tu comptes y aller ?

Ralph : Oui. Mais tu t'ennuies tant que ça à me répondre si vite ?

Moi : Oui.

Ralph : J'ai aussi une faveur à te demander.

Moi : Oui ?

Ralph : Vers 23 heures ce soir, je ramènerai une fille, histoire de m'amuser un peu, tu pourras dormir autre part ?

Je dus relire son message trois fois pour comprendre que je n'hallucinais pas. Il venait vraiment de me demander de dégager pour s'envoyer en l'air. À quoi jouait-il ? Au bout de quelques minutes, j'en arrivai à la conclusion que, s'il voulait jouer au plus malin, il allait être servi.

Moi : J'irai dormir avec Nathan, alors t'inquiète !

Il l'avait bien cherché.

Je décidai d'envoyer un SMS à Rachel pour râler sur son comportement. Elle le trouvait aussi énervant que moi, mais m'avoua qu'elle ne m'avait jamais vue aussi agacée par un garçon dans le passé. Soit, il était mon colocataire, c'était normal qu'il m'énerve ainsi.

Après avoir travaillé tout l'après-midi et en début de soirée, je pris mes affaires avant de filer dans la chambre de Nathan. En voyant qu'il ne portait qu'un bas, je ne pus m'empêcher de penser qu'il était vraiment pas mal, peut-être pas autant que Ralph, mais c'était déjà cela. En me rendant compte que je m'étais surprise à penser à Ralph, je me dis qu'il fallait que je le sorte de mon cerveau, étant donné qu'il allait avoir une fille dans son lit ce soir après tout ce qu'il s'était passé entre nous.

— Merci de me laisser dormir avec toi, dis-je assise sur le bord du lit.

— Ne t'inquiète pas, je voulais juste m'excuser pour la dernière fois.

— Pour ?

— De m'être approché suffisamment de toi pour que l'on s'embrasse.

— Nathan, on s'était tous les deux rapprochés, donc tu n'as vraiment pas à t'excuser, tu n'es coupable d'absolument rien du tout.

— Merci Ruby, me sourit-il en semblant soulagé que cela fasse partie du passé.

En voyant qu'il était trop tôt pour dormir, nous décidâmes de regarder *La Chute de Londres*, un de mes films préférés, dont j'avais rangé le DVD dans mon placard.

— Tu as ramené un DVD avec toi ? me demanda-t-il incrédule, les yeux grands ouverts.

— Euh, oui, pourquoi ?

— Tu sais qu'on est au vingt et unième siècle où le streaming existe ?

— Je sais, ris-je. Mais c'est un de mes films préférés, donc je voulais le regarder même quand je n'ai pas Internet. Bon, je vais aller le chercher.

— Bah, t'inquiète pas, on peut le regarder en streaming en vrai.

— Oui, mais ça risque de buguer avec la connexion du campus.

— Pas faux, rit-il avant que je ne sorte.

Rejoignant ma chambre en quelques secondes, je sortis le DVD de mon placard. J'allais me diriger vers la porte quand j'entendis quelqu'un introduire une clé dans la serrure en pensant qu'il n'y avait personne. Je pensais qu'il n'allait rentrer qu'à 23 heures et en revérifiant l'heure, je m'assurai qu'il n'était que 22 h 25. Il finit par entrer en embrassant une fille. Je vis de la surprise dans ses yeux lorsqu'il me vit, mais cela ne l'empêcha pas d'esquisser un sourire narquois. Je me demandais s'il l'avait fait exprès pour m'affecter. La fille qui se tenait devant moi portait une robe noire extrêmement serrée qui permettait à peine de cacher ses fesses et sa poitrine. Alors que j'allais détourner le regard, Ralph lui pinça les fesses en voyant très distinctement que je les regardais. Je me mis alors à les contourner rapidement lorsque Ralph m'interpella :

— Vous allez faire quoi ?

— On va regarder un film.

— Tu vas dormir dans son lit, avec lui ?

— Bah oui, vu que monsieur est occupé ici. Amuse-toi bien, lui dis-je avant de claquer la porte.

Après tout, c'était bien lui qui m'avait demandé décamper. Cependant, j'admettais que j'aurais pu demander à Charlotte de m'héberger, mais bon, par obstination, je m'étais sentie obligée de mentionner Nathan. Je rentrai dans la chambre de ce dernier quelques instants plus tard et y vis Nicolas, son colocataire, enfiler un jogging.

— Bonsoir Nicolas ! fis-je légèrement gênée d'être entré alors qu'il se changeait.

— Salut Ruby, excuse-moi mais je suis crevé, donc je vais me coucher, bonne nuit et pas trop de cochonneries s'il vous plaît, je suis juste là, nous dit-il en secouant la main comme un gamin avant de s'effondrer dans son lit.

Il ne fallut même pas une minute pour que Nicolas s'endorme et que Nathan mette le DVD. Il avait posé son ordinateur sur ses genoux et je m'étais installée à côté de lui. Même si j'étais habillée assez chaudement, je commençais à trembloter.

— Eh Ruby, ça va ? T'as froid ?

— Ça va et oui légèrement, lui dis-je en sentant des frissons parcourir mes bras.

Alors que je tirais la couverture sur mon corps, Nathan vint poser sa main sur la mienne et en soulevant la couverture, m'entoura de ses bras. J'appréciais ce sentiment de sécurité que Nathan me faisait ressentir. J'avais l'impression d'avoir vraiment trouvé cet ami avec qui je me sentais en sécurité. Je ne pouvais pas nier que je m'y sentais au chaud et je ne voulais sincèrement pas m'en détacher, mais entendant mon téléphone vibrer, je me devais de vérifier que ce n'était pas important.

Ralph : Si l'autre part, tu reviens ?

Je ne savais pas pour qui il se prenait à me demander des choses pareilles. Dans un premier temps, il me demandait de sortir de ma chambre et ensuite il me demandait de revenir ?

Moi : Non, j'suis bien avec Nathan.
Allez, passe une bonne soirée.

J'y allais peut-être un peu fort, mais j'avais vraiment eu l'impression que ça commençait à s'améliorer entre nous. Cela avait été un si grand soulagement, d'où mon incompréhension face à tout ceci. Il ne pouvait pas m'en vouloir de réagir comme ça. Pensait-il vraiment que tout cela ne m'exaspérerait pas ?

Je rangeai alors mon portable et nous continuâmes le film. À un moment, je commençais à observer Nathan qui ressemblait à un enfant dans Disneyland alors qu'il l'avait déjà vu plusieurs fois. En le détaillant, je remarquai qu'il avait une date inscrite sur ses côtes. Sans comprendre ce qu'il me prit, j'y passai mes doigts quand Nathan se tourna vers moi.

— Désolée.

— Arrête de constamment t'excuser Ruby, glissa-t-il en esquissant un sourire.

— Que représente cette date ?

Je vis que ma question le mit mal à l'aise. J'allais lui dire qu'il n'était pas obligé de me répondre lorsqu'il décida de le faire.

— La mort de mes parents.

— Oh, mon Dieu, je suis vraiment navrée. Je ne savais pas…

— Peu de gens le savent, à vrai dire.

J'opinai de la tête avant de me remettre à regarder le film. Nous finîmes par nous sentir fatigués au beau milieu, alors je décidai de l'arrêter pour la soirée.

— Bonne nuit, Ruby.

— Bonne nuit, Nathan.

Il posa son ordinateur par terre près du lit puis s'allongea près de moi. Il s'endormit assez rapidement alors que le sommeil ne me venait pas. Je ne m'endormis pas avant trois bonnes heures, trop préoccupée par mes pensées. Je pensais que le fait de dormir avec quelqu'un que je ne connaissais pas beaucoup me dérangerait. Ce ne fut étonnamment pas le cas. Mais mes pensées étaient dirigées dans d'autres directions, comme vers Ralph.

23
Ruby

Les mains sur les hanches, je fixais les habits que j'avais dans le placard depuis plus d'une trentaine de minutes. La soirée dont Ralph m'avait informée allait commencer d'ici une heure et je ne savais toujours pas quoi porter. Il s'avérait qu'elle s'était transformée en une soirée costume et robe. J'allais en essayer une lorsque mon portable sonna. C'était Charlotte. Je l'avais invitée à venir avec moi.

— Ma belle ?

— Oui ?

— Tu peux m'ouvrir s'il te plaît, je suis devant ta chambre.

En m'exécutant, je lui demandai pourquoi elle n'avait pas tout simplement toqué.

— Histoire d'être polie, enfin un minimum, rit-elle.

Sa logique irrationnelle ne cessait de me surprendre.

— T'es magnifique, la robe te va à ravir ! dis-je à la vue de sa robe blanche moulante à manches courtes lui arrivant à mi-cuisses.

— Merci ! Et toi t'es… naturelle en pyjama, s'esclaffat-t-elle en m'examinant.

— Je ne sais pas quoi me mettre.

Je sortis les deux robes entre lesquelles j'hésitais le plus : l'une était noire, me faisait un décolleté plongeant et m'arrivait aux genoux ; tandis que l'autre était bleu navy et en satin, de fines bretelles se croisaient dans le dos ouvert. J'hésitais à porter cette dernière, car elle était un peu moulante et je n'étais habituée qu'à porter des vêtements beaucoup plus larges. En la voyant, Charlotte s'exclama :

— Oh, mon Dieu, ce bleu t'irait à ravir, enfile-la !

Elle se tourna dos à moi pour que je puisse me changer. Cependant, ayant gardé mon soutien-gorge, je trouvai que cela faisait extrêmement disgracieux dans le dos.

— Tu penses que ça ne serait pas choquant si je ne mettais pas de soutien-gorge ?

Sans qu'elle se retourne, je la vis lever la tête pour réfléchir.

— Mais non !

— Voilà, dis-je après l'avoir enlevé.

— Ouah ! Putain, t'es canon, Ruby ! Ralph va tomber raide dingue de toi.

Quoi ?

— Ralph ?

— Dans les couloirs, tout le monde parle du fameux Ralph qui serait obnubilé par toi.

— C'est n'importe quoi, il m'ignore à nouveau, esquivai-je rapidement avant de changer de sujet. Bon, on passe au maquillage ?

J'essayais de ne pas penser à ce qu'elle avait dit, même si cela tournait en boucle dans ma tête.

— Voilà ! s'écria-t-elle au bout d'une vingtaine de minutes à faire mon maquillage.

En ouvrant les yeux, je vis qu'elle m'avait appliqué quelques produits sur le teint, les yeux et les lèvres. Je n'étais pas habituée à m'appliquer du fond de teint, mais le résultat était à couper le souffle. Je scrutais le miroir en me demandant comment elle avait fait pour embellir ma peau comme ça.

— Tu sais que je t'aime, toi ? lui dis-je.

Je lui fis son maquillage à mon tour et nous quittâmes ma chambre une heure plus tard. En arrivant à la fête déjà bondée d'étudiants sur leur trente-et-un, nous nous dirigeâmes immédiatement vers les boissons et prîmes deux shots de téquila chacune pour commencer. Il fallait dire que j'étais plutôt surprise que les jeunes aient respecté la tenue exigée. Je cherchai rapidement Ralph du regard afin de pouvoir l'éviter, mais ne le trouvai nulle part.

Ce fut avec une bière en main que nous commençâmes à danser, parmi la foule qui hurlait les paroles de la chanson que je ne connaissais guère. À un moment, je sentis une main sur mon épaule. En me retournant, je vis que ce n'était que Nathan. Je me mis à danser avec ce dernier, en riant, sur le rythme de la musique, qui ne faisait que s'accélérer. Je vis Charlotte danser avec un garçon qu'elle semblait connaître. Au bout de deux bonnes heures, je me sentis soudainement très faible, probablement dû au manque de nourriture ingérée durant la journée.

— Il faut que je m'arrête, sinon mes jambes vont flancher, dis-je à l'attention de Nathan.

— Quoi ? cria ce dernier.

— Il faut que... commençai-je à dire quand mes jambes vacillèrent et que je commençai à basculer en arrière.

J'allais tomber par terre lorsque Nathan me rattrapa. J'essayai de tenir debout sur mes jambes, en vain. Il me porta, mettant un bras sous mes épaules et l'autre sous mes genoux et me tint fort contre son torse. En voyant son regard affolé, je compris qu'il était inquiet.

Il me déposa sur un des canapés qu'il y avait dans le salon et s'assit près de moi.

— Ça va, Ruby ?

— Oui, désolée, j'ai eu subitement une sensation de malaise.

— Non, t'excuse pas, je vois ça, et puis ça arrive, mais t'aurais pas dû autant danser alors.

— Je ne sais pas, j'avais la tête ailleurs et je gigotais.

— Mais ça va aller ?

— Bien sûr ! Va t'amuser, Nathan !

— Tu es sûre que ça ne te dérange pas si je te laisse quelque temps ici ?

— Mais non ! Va t'éclater ! Ne t'inquiète pas pour moi, criai-je par-dessus la musique.

— Appelle-moi si tu as besoin de quoi que ce soit.

— Bien sûr, lui dis-je avant de le voir se mélanger à la foule.

Je me levai une dizaine de minutes plus tard pour aller aux toilettes. Je passai aussi par la salle de bain afin de me recoiffer et de nettoyer le mascara qui avait coulé. La porte s'ouvrit à la volée et alors que je m'attendais à voir un couple se trompant de pièce, je me retournai et aperçus la personne que je m'attendais le moins à voir.

Pierre.

24
Ralph

— Ralph, ton portable sonne, me dit la meuf à côté de moi.

Son corps nu, sous les draps, me donnait une sensation de dégoût.

— Quoi ?

— Ton portable.

Après avoir assimilé ses propos, j'entendis en effet mon portable sonner. En répondant, le nom de Nathan apparut.

— Ça va ?

— Ralph, qu'est-ce tu fous ? Je croyais que tu venais, moi !

Étant dans un endroit très bruyant, il hurlait au combiné.

— Venir où ?

— À la soirée.

— Ah non, bah j'sais pas, j'avais pas trop envie au final. Je crois que je vais rentrer au campus après avoir fini avec l'autre.

— Quoi, « l'autre » ? Je m'appelle Elena ! s'écria la meuf en se levant du lit.

— Personne de spécial, tu dis ? entendis-je Nathan dire avec ce qu'il me semblait un sourire.

— Bah ouais, pourquoi ?

— Rien rien, j'vais retourner danser avec Ruby alors.

— Attends, quoi ? Ruby est venue finalement ?

— Bah ouais, Ruby est là et on dansait, mais je sais pas, elle a fait un mini-malaise, donc elle s'est assise pour se reposer un peu.

— Elle a bu ?

— Oui, mais elle est tout à fait consciente. Je crois seulement qu'elle n'a pas trop mangé ces derniers temps, elle me paraît un peu faible, mec.

— Ah merde, tu sais pourquoi ?

— Non.

Il y eut un long silence avant d'entendre Nathan respirer de plus en plus bruyamment.

— Euh, attends deux secondes Ralph, me dit-il alors qu'il semblait agité.

— Ça va, mec ?

— Je trouve plus Ruby.

— Elle est peut-être rentrée avec une copine qui l'a accompagnée.

— Non, Charlotte danse avec un mec, mais Ruby n'est nulle part, ni dehors ni dans la maison.

Je commençai à paniquer à l'idée que quelque chose aurait pu lui arriver avec tous les cons qu'on a sur ce campus. J'essayais de me dire que je devais en avoir rien à faire de Ruby et qu'elle ne représentait rien pour moi, mais je ne réussis pas à m'en convaincre.

— J'arrive, dis-je au combiné avant de me préparer.

Je me levai précipitamment et enfilai mes habits.

— Tu veux pas qu'on remette ça encore une fois ? me proposa la fille.

— Non c'est bon, j'ai autre chose de plus urgent à faire, répondis-je sans même lui adresser un regard.

— Dégage, ouais, s'énerva-t-elle alors que je claquais la porte de son studio.

Heureusement, j'étais venu en voiture et je mis seulement quelques minutes en conduisant à atteindre la fête, qui se déroulait à proximité. En entrant dans le salon, j'aperçus Nathan en train de danser avec une meuf que je n'avais jamais vue auparavant.

— Tu l'as trouvée ? lui hurlai-je à l'oreille.

— Qui ça ? me demanda Nathan, légèrement éméché.

— Ruby !

— Ah non, elle a dû rentrer !

Les battements de mon cœur commencèrent à s'accélérer alors que je demandais à Nathan comment Ruby était habillée.

— Robe bleu foncé, j'crois, elle lui arrive jusqu'à mi-cuisses et le dos est complètement ouvert.

Alors que mon esprit divaguait en pensant à quel point elle devait être canon dans cette robe qu'il me décrivait, je décidai de me concentrer sur l'urgence de la retrouver. Je me mis alors à sa recherche et regardai partout au rez-de-chaussée de la maison, mais ne la trouvai nulle part. Je montai alors à l'étage et vis que la lumière de la salle de bain était allumée. Je marchais lentement lorsque j'entendis un coup sur la porte de la salle de bain, comme si un énorme poids venait de cogner dessus. Je courus et essayai de l'ouvrir, en vain ; elle était verrouillée. Je frappai avec mon poing, mon cœur commençant à s'affoler. J'espérais que c'était seulement deux personnes en train de fricoter que Ruby qui s'était fait mal, ou pire.

La porte finit par s'ouvrir et je vis Ruby avec du sang sur sa joue, se tenant debout au milieu de la pièce, la respiration saccadée. En baissant mon regard vers son poing fermé, je vis qu'elle le tenait fermement. Je ne savais pas comment, mais cette fille arrivait à paraître encore plus canon alors qu'elle avait sale mine.

Elle semblait soulagée par ma présence. Je la vis s'avancer vers moi, avant de s'interrompre. Je fronçai des sourcils, ne comprenant pas pourquoi j'avais entendu un coup assourdissant contre la porte si elle était toute seule et comment elle s'était coupée au niveau de la joue.

— Ça va ?

— Ça va maintenant que tu es là, m'avoua-t-elle. Je pense pas que ce soit le cas pour lui.

Elle me pointa quelqu'un derrière la porte.

J'entrai dans la șalle de bain et y trouvai Pierre, salement amoché, qui ne faisait que fixer Ruby d'un regard assassin. Je m'apprêtais à lui faire la peau, mais en lançant un regard vers Ruby, je compris que c'était la dernière chose dont elle avait besoin.

— Pierre, je t'avais dit de ne plus jamais t'approcher de Ruby, dis-je en serrant les poings.

— Cette pute a dû me péter une côte et n'a pas manqué mes *putains* de couilles, bordel.

Alors que je m'apprêtais à lui bondir dessus, un son m'interpella : l'incroyablement doux rire de Ruby.

— Cette pute ? s'esclaffa-t-elle. T'as vraiment peur de rien en disant ça devant Ralph, surtout que je viens de t'envoyer par terre.

— Putain, dit-il en se levant avec difficulté et s'éloignant de nous. C'est bon. Reviens me faire mal, j'te jure que j'en finirai définitivement avec toi.

Et il partit en boitant. Quel minable…

Incrédule, je me retournai vers Ruby qui s'auscultait dans le miroir. Du sang coulait sur sa joue, qu'elle essuya à l'aide d'un mouchoir. Pierre avait dû l'érafler avec une de ses bagues en la frappant. En un tour de main, elle réajusta sa robe qui lui allait à merveille, embrassant chaque parcelle de ses courbes. Je me demandai pourquoi j'étais allé voir une autre alors que Ruby était si fascinante. Je me mis à sourire, mais essayai de le cacher en me rappelant qu'elle allait me mener à ma perte si je continuais.

— Tu l'as salement amoché, lui fis-je remarquer en faisant taire mes pensées.

— Oui, dit-elle avec un sourire en coin. Mais bon, j'ai eu quand même relativement peur… Je vais rentrer, c'était une très mauvaise idée de venir ici.

— Je te raccompagne, lui dis-je.

Elle fronça les sourcils comme si elle était surprise. Après m'avoir regardé pendant quelques secondes, elle me fit signe de passer devant. Elle me suivit en silence jusqu'à ce que je sorte mes clés de voiture.

— Tu as une voiture ? demanda-t-elle assez surprise, mais d'une voix affaiblie.

Je me retournai alors afin de m'assurer qu'elle allait bien et qu'elle n'était pas trop pâle ou autre.

— Oui.

— Mais tu la sors d'où ?

— De chez moi…

— Mais tu es venu jusqu'à Paris en voiture ?

Elle ouvrit grand les yeux.

— Ah non ! J'habite à Paris, lui dis-je avant de m'asseoir dans mon siège.

En entrant dans la voiture, je remarquai qu'elle paraissait confuse, mais elle ne me posa pas plus de questions. Je vis qu'elle envoyait un message à quelqu'un alors que j'allumais le moteur.

Le trajet se fit dans un silence absolu. Je pensais qu'elle ne voulait pas me parler, mais en tournant la tête, je vis qu'elle s'était assoupie. Elle semblait si paisible. Une fois garé, j'attendis quelques minutes afin de voir si elle allait se réveiller d'elle-même. Je détestais réveiller les personnes qui dorment. Elle finit par décoller sa tête de la vitre tout en entrouvrant les yeux.

— Je me suis endormie ?

— Oui, lui souris-je alors qu'elle avait encore du mal à garder les yeux ouverts.

Cependant, elle ouvrit rapidement sa portière et sortit du véhicule. Une fois arrivés devant la chambre, elle était si fatiguée qu'elle avait même oublié que j'étais son colocataire.

— Bon, je te laisse, on se voit lundi, me dit-elle en ouvrant la porte, ce qui me valut un énorme fou rire.

Je lui rappelai que je logeais dans la même chambre.

— Excuse-moi, je suis tellement crevée, gloussa-t-elle en tombant à la renverse sur son lit.

— J'ai vu ça, mais tu devrais te déshabiller, te nettoyer et tout, avant d'aller dormir.

— J'ai la flemme, me dit-elle.

— Même, allez, vas-y, comme ça tu pourras bien dormir ce soir.

Depuis quand est-ce que j'en avais quelque chose à faire de la qualité de sommeil de quelqu'un ?

— Rooo, râla-t-elle.

— Tu veux que je t'aide ?

Pour une raison que j'ignorais, je me sentais obligé de l'aider et d'être gentil avec elle. Ce fut ainsi que je finis dans la salle de bain des filles à lui nettoyer la joue lorsqu'elle voulut enlever sa robe, les yeux mi-clos.

— Ruby, arrête-toi.

— Quoi ? m'interrogea-t-elle du regard, l'air harassé.

— Si tu enlèves ta robe, tu seras en sous-vêtements devant moi, et je ne pense pas que tu veuilles sincèrement l'être.

— Argh, désolée, je ne sais pas à quoi je pense, dit-elle d'une voix endormie. La robe me moule le corps et me comprime la poitrine et j'ai juste pas l'habitude de sortir sans soutif, c'est dérangeant. J'ai envie de me libérer les seins.

Froid, froid, froid, me dis-je intérieurement pour me calmer.

— Tu peux aller chercher un de mes soutifs, mon t-shirt et mon short de pyjama ainsi que ma trousse de toilette noire, s'il te plaît ? me demanda-t-elle à moitié endormie, assise près du lavabo.

J'allais lui demander si elle me prenait sincèrement pour son chien, mais voyant qu'elle était exténuée et dans l'incapacité de faire quoi que ce soit, j'allai chercher ses affaires. Elle me fit sortir de la salle de bain pour enfiler ses habits et m'indiqua de rentrer une fois terminé. Je l'aidai à se démaquiller et après s'être brossé les dents, je la raccompagnai jusqu'à la chambre. Elle tomba sur le lit et tira maladroitement la couette sur elle.

— Pourquoi est-ce que tu as été si gentil ? me demanda-t-elle encore d'une voix endormie, les yeux fermés.

— Quoi ?

— On a passé ces derniers jours à s'ignorer après l'épisode de ta meuf de compagnie, pourtant tu m'as aidée ce soir. Pourquoi ?

— Je sais pas, Ruby.

— Vraiment ?

— Oui…

J'allais me changer lorsqu'elle me surprit.

— Merci Ralph, murmura-t-elle avant de s'endormir tel un bébé.

25

Ralph

Je me fis réveiller par une petite main qui me secouait. C'était très relaxant, comme un petit massage à l'épaule. Puis la secousse fut de plus en plus violente et je sortis brusquement de mon sommeil. Je vis Ruby, tout sourire, penchée au-dessus de moi. Voyant qu'elle était en pleine forme et qu'elle n'avait pas l'air de se soucier de ce qu'il s'était passé avec Pierre, je ne pus m'empêcher de sourire. Me rendant compte qu'elle semblait déconcertée par ma mine joyeuse, j'y mis fin.

— Allez, réveille-toi Ralph, il est déjà midi.

— Et ?

Elle regarda immédiatement ailleurs, tout en commençant à jouer avec son chouchou. Je compris rapidement qu'elle allait me dire quelque chose d'important pour elle. Allait-elle faire une réflexion sur ce qu'il s'était passé la veille ? Mais en aucun cas cela n'avait un rapport à l'heure…

— Tu veux venir déjeuner avec moi ? me prit-elle d'assaut.

Hein ?

— Qu'on aille déjeuner… *ensemble ?* demandai-je clarification.

— Oui, confirma-t-elle avant de froncer les sourcils. Je me suis dit qu'on pourrait faire un truc à deux autre que se voir dans cette chambre ou en soirée.

Cela ne pouvait pas me faire de mal de manger un repas avec elle. À vrai dire, je constatais qu'une chaleur apaisante prenait possession de mon corps, comme si cette idée me plaisait légèrement trop.

— D'accord, allons déjeuner alors.

Je vis qu'elle était habillée d'un débardeur bleu en satin et d'une longue jupe blanche avec des Converse bleues.

— Mais t'es déjà prête ?

— Oui, enfin je suis déjà sortie faire quelques courses pour la chambre après m'être réveillée de bonne heure pour bosser un peu, me dit-elle en me pointant du doigt un sac IKEA et un Carrefour.

Je me levai, m'avançai vers les sacs, y jetai un coup d'œil et vis des paquets de chips, des biscuits et des boissons tandis que dans l'autre, il y avait des coussins, un miroir décoré, de nouveaux draps, des cadres photo ainsi qu'une guirlande de petites lampes.

— Tu comptes redécorer ton espace de la chambre ?

— Oui, je vais commencer maintenant puis finir en rentrant, et tu ferais mieux de filer te préparer, on descend dans une trentaine de minutes.

Je m'arrêtai en arquant un sourcil.

— Depuis quand est-ce que tu me donnes des ordres ?

Elle, qui s'était penchée vers les sacs, se retourna vers moi, tout en souriant. Secouant la tête, elle haussa simplement les épaules. Cela me faisait plaisir de la voir reposée et souriante et d'être en bons termes avec elle, contrairement au reste de la semaine où nous avions été assez tendus et nous n'étions pas adressé la parole.

— T'y habitue pas trop, souris-je à mon tour en prenant mes affaires avant d'aller me doucher.

Ruby

Le stress, la panique et l'adrénaline d'hier m'avaient complètement sonnée. Je changeais mes draps alors que ma présence n'y était pas vraiment. Je revis les images d'hier : Pierre essayant de me toucher ; moi me défendant ; la porte s'ouvrir sur un magnifique Ralph déboulant dans la salle de bain, la respiration saccadée et son regard d'abord rempli d'angoisse qui laissa rapidement place à un regard doux et rassurant ; lui me ramenant en voiture jusqu'au campus ; lui qui m'aida. Je n'avais jamais eu une proximité pareille avec un garçon, et cela m'avait déstabilisée. Au-delà du fait que nous nous étions embrassés, il avait été là pour moi, il s'était occupé de moi sans arrière-pensées, c'était quelque chose que je n'avais jamais vécu avec un garçon pour lequel j'avais un faible.

Le penser comme cela me fit tout bizarre. Mais je ne pouvais pas me voiler la face encore très longtemps. Il était beau et intelligent, il avait su se montrer doux et attentionné la veille et avait été poli le matin. Ce matin-là, je m'étais réveillée avec la peur qu'il serait comme d'habitude. Gentil et attentionné un soir puis froid ou tout simplement parti le lendemain. En ouvrant les yeux, malgré la fatigue, je ne pus m'empêcher de me relever brutalement afin de m'assurer qu'il ne s'était pas évaporé.

Revenant au présent, je pensai à me changer pour mieux m'habiller et vis Ralph entrer en chemise. Il était absolument magnifique.

— Alors, tu peux plus détacher ton regard de mon corps, hein ?

— Quoi ? Euh, non, mais qu'est-ce que tu racontes ?

Il sourit simplement en guise de réponse. Je décidai de garder ma tenue comme telle et nous sortîmes prendre le métro. Il décida de m'emmener dans un restaurant qu'il connaissait bien. En arrivant devant l'établissement italien, il semblait extrêmement populaire étant donné qu'une vingtaine de personnes faisaient la queue pour y manger.

— Tu veux aller dans un autre endroit pour éviter d'attendre ? me demanda-t-il, d'un air contrarié par la file.

— Mais je veux manger ici, ça a l'air super bon, dis-je en examinant les plats déjàs servis sur la terrasse.

Du coin de l'œil, je le vis regarder avec appréhension la longue file d'attente.

— Tu es sûre ? Sinon, on peut aller… Bon d'accord, se décida-t-il avec un mouvement de la tête résolu.

Une fois dans la queue, je l'en remerciai et sautillai d'excitation à l'idée de manger un bon risotto ou des linguines.

— Tu sais ce que tu vas prendre ? lui demandai-je.

— Je change à chaque fois, donc je sais pas trop, ça dépendra de ce que je trouve inspirant lorsque je m'assieds.

— Quel est ton repas préféré ici ?

— J'en ai pas particulièrement, j'aime tout en général.

— On fonctionne de manière si différente, ris-je. Je suis le genre de personne qui va manger le même plat pendant des années. Si j'ai un plat que je préfère dans chaque restaurant, eh bien, je saurai où aller pour un plat spécifique et je sais que je ne serai pas déçue. Tu vois la logique ?

Il rit si fort que j'en fus surprise.

— Tristement, je vois la logique dans ce que tu viens de dire, même si je suis plutôt du genre à tout tester quelque part, comme ça tu peux aller au même endroit et tu peux manger des trucs différents à chaque fois, et tu sais que tu aimeras.

— Mais comment tu sais que tu aimeras si tu n'as jamais mangé ce plat auparavant ? Peut-être qu'ils mettent trop de sauce, ou pas assez, peut-être que tu n'aimes pas la viande, peut-être qu'il y a trop d'oignons à ton goût.

— Je suis pas compliqué lorsqu'il s'agit de nourriture, s'amusa-t-il. Mais il semblerait que tu le sois.

— Effectivement, j'aime les choses faites d'une manière très spécifique, donc bon.

Nous continuâmes de converser comme si c'était la chose la plus naturelle qui soit et au bout d'une trentaine de minutes, notre table fut disponible. Il me laissa passer devant lui et nous nous installâmes. Je finis par choisir un risotto aux truffes tandis que Ralph choisit des linguines aux fruits de mer. Cela était si étrange que nous soyons assis à table, autour d'un bon plat et à parler pendant des heures comme deux bons amis. À plusieurs reprises, je m'étais retrouvée à fixer ses lèvres, mais un secouement de la tête me permettait de reprendre mes esprits.

À la fin de notre repas, le serveur nous amena l'addition, que nous payâmes chacun de notre côté.

— Tu comptes faire quoi cet après-midi ?

— Je compte aller faire les boutiques puis je rentrerai travailler, et toi ?

— Nathan et deux amis m'attendent dans un bar.

Je ne comprenais pas pourquoi ils étaient déjà dans un bar si tôt dans l'après-midi. Mais bon, ce n'était pas comme si je m'attendais à ce qu'il m'accompagne au centre commercial.

Je sentis une tension anormale entre nous alors que c'était le milieu de la journée, nous étions dehors, entourés de personnes.

— Bon, je vais aller prendre le bus, dis-je.

— Tu veux que je vienne avec toi ? Enfin, est-ce qu'il y a quelqu'un avec qui tu es censée y aller ?

J'étais surprise qu'il m'ait demandé cela. À le regarder, il semblait aussi se demander pourquoi il m'avait proposé de venir.

— Non non, ne t'inquiète pas, ça ira.

Sans un autre mot, nous nous dirigeâmes vers la sortie. Cela me faisait du bien de marcher un peu, cela faisait diminuer cette attraction. Je ne comprenais pas pourquoi l'attirance entre nous s'était intensifiée depuis la veille. Malgré le silence prolongé, je me sentais bien, ce qui était rare quand j'étais seule avec une autre personne.

— Bon, s'il y a quoi que ce soit, appelle-moi, me dit-il une fois arrivés à mon arrêt de bus.

— Oui, oui, à toute ! dis-je brusquement afin qu'il s'en aille et qu'il mette fin à la tension qui régnait.

Il me dit au revoir avant de marcher en direction de la station de métro.

Je passai des heures dans le centre commercial. Je m'étais trouvé un ensemble en dentelle, une robe de soirée et quelques nouveaux hauts. Je finis mon tour et pris le bus pour aller là où le vent m'emmènerait, n'ayant pas la foi de travailler. Il devait être aux environs de 18 heures lorsque j'entrai dans un café-kiosque. Je pris un chocolat chaud et voulus m'installer à une table, seule, mais elles étaient toutes prises. En reparcourant la salle des yeux, je vis qu'une jeune fille était assise toute seule à une table pour deux.

— Tu attends quelqu'un ?

Cette dernière leva alors le nez de son bouquin et me gratifia d'un sourire resplendissant.

— Non, je n'attends personne, tu peux t'asseoir si tu veux, me dit-elle en secouant sa tête, agitant au passage ses cheveux magnifiquement blonds.

26
Ruby

Ses yeux marron me scrutaient alors que je remarquai qu'ils ressortaient très bien avec ses cheveux ondulés. Son nez retroussé était perlé de petites taches de rousseur.

Je m'assis face à elle et vis la couverture du livre qu'elle lisait : *After*.

— Oh, j'adore ce livre !

— C'est vrai ? Moi, je l'ai commencé ce matin et pour le moment j'adore ! s'écria-t-elle aussitôt.

— Comment t'appelles-tu ?

— Anna, et toi ?

— Ruby, ravie de te connaître.

— De même ! Alors Ruby, t'es dans quel lycée ?

— Oh, je ne suis plus une lycéenne, ris-je.

— Oh, je m'excuse, je vous ai prise pour une lycéenne.

— Non, mais continue de me tutoyer ! Je viens à peine d'entrer à l'université, j'ai dix-huit ans. Quel âge as-tu ?

— Quinze ans, enfin seize dans une semaine et demie.

— Quand est ton anniversaire ?

— Le 7 octobre, et toi ?

— C'était le 25 juin.

— Joyeux anniversaire ! Vaut mieux tard que jamais, s'exclama-elle avec enthousiasme.

— Effectivement. Eh bien, merci.

— Tu as des frères et sœurs ?

Bon Dieu, qu'est-ce que cette fille dégageait de la joie.

— Non, ce n'est que moi, et toi ?

— J'ai un grand frère.

— Et il vit avec toi ?

— Non, il est entré à l'université il y a un an, mais on se voit assez régulièrement.

— C'est bien de rester en contact, approuvai-je.

Nous fîmes mieux connaissance et j'appris qu'elle habitait avec sa mère, dans un appartement, non loin d'ici. Elle venait d'entrer en première filière scientifique et voulait devenir ingénieur, mais pour cela, elle me dit que des améliorations en maths seraient les bienvenues. Elle adorait lire et avait d'abord voulu devenir écrivaine, mais elle s'était dit qu'elle n'allait pas gagner assez pour en vivre, elle s'en était donc tenue à la carrière d'ingénieur. Nous étions complètement absorbées par notre conversation lorsqu'une voix nous interpella et perça notre bulle. Le café était désormais vide, nous étions les seules à rester ainsi qu'un serveur qui nous observait avec un petit sourire.

— Les filles, je vais fermer.

— Oh désolée, m'excusai-je. On n'avait pas vu le temps passer.

Nous sortîmes rapidement et marchâmes dans la rue alors que le soleil commençait à se coucher.

— Je dois y aller, ma mère va s'inquiéter. Tiens, je te donne mon numéro et comme ça on pourra se revoir !

— Bien sûr ! Ce fut un plaisir de te rencontrer Anna, je t'enverrai un message ce soir.

— Passe une bonne soirée, Ruby ! dit-elle en s'éloignant.

Je ne m'étais jamais entendue aussi bien avec quelqu'un dans un laps de temps aussi court. Je sortis mon portable pour enregistrer son numéro qu'elle avait gribouillé sur un bout de papier, et y vis vingt-sept appels manqués de Ralph ainsi que cinq messages.

T'as fini de faire les boutiques ?

T'es où ?

Ruby, réponds.

Ruby, putain réponds.

Je suis rentré dans la chambre et t'y es pas. Je te jure que si tu ne me rappelles pas, j'appelle les flics.

Oups. Mais bon, ce n'était pas mon père non plus. Je rentrai alors au campus et tandis que je m'approchais de ma chambre, je reçus un autre appel de Ralph. Je laissai sonner tout en ouvrant la porte de la chambre. Je vis Ralph, assis sur le lit, sa tête posée sur une de ses mains tandis que l'autre tenait son portable. Il releva rapidement la tête et expira si fort qu'on aurait dit qu'il n'avait pas respiré en mille ans.

— Bordel de merde ! s'écria-t-il alors que je refermais la porte derrière moi. T'étais passée où ?

Je ne comprenais pas pourquoi il était si inquiet. Il arriva à ma hauteur et je remarquai qu'il avait une respiration saccadée.

— J'étais dehors et je n'avais pas regardé mon portable.

Il marcha dans toute la pièce et se calma.

— T'étais où ?

Je m'apprêtais à lui répondre que cela ne le regardait pas, mais à la vue de son inquiétude à mon égard, il méritait de le savoir.

— D'abord, j'ai fait les boutiques, commençai-je en agitant mes deux sacs de shopping. Et puis, je suis allée dans un café-kiosque et j'ai papoté pendant deux bonnes heures.

— Avec qui ?

— Une lycéenne, elle était adorable !

— Et moi, je suis sûr du contraire, dit-il d'un ton cassant.

— Qu'est-ce que t'es grognon !

Je levai les yeux au plafond face à sa réaction.

À ce moment précis, voyant qu'il allait continuer à être bougon, je décidai d'envoyer un message à Anna.

Coucou ! C'est moi, Ruby, la fille du kiosque. Tu veux dîner avec moi ce soir ?

Je ne dus pas attendre longtemps pour sa réponse.

Avec plaisir ! En revanche, ma mère aimerait te voir parce qu'elle ne veut pas que je sorte le soir sans connaître la personne. Tu penses pouvoir venir chez moi ?

Bien sûr, envoie-moi l'adresse, je vais prendre une douche et j'arrive.

Très bien, je t'attends impatiemment ! (:

— Tu fais quoi là ? me demanda Ralph.

— Je vais aller dîner avec mon amie.

— Qui ça ?

— La fille avec qui j'étais au kiosque.

— Ah oui, c'est vrai. Moi je vais sortir.

— Où ça ?

Étant donné qu'il m'avait demandé où j'allais, j'avais bien le droit de savoir où il allait aussi.

— Je sais pas.

— Fais pas de conneries, Ralph.

— Toi non plus, me répondit-il alors que je commençais à ouvrir la porte.

Puis il rajouta trois mots qui me laissèrent bouche bée.

— S'il te plaît.

J'avais l'impression de rêver. Depuis quand disait-il « s'il te plaît » ? Je me demandais ce qu'il lui arrivait.

— Euh… Bon, je vais prendre ma douche.

Quand je revins dans la chambre pour récupérer les vêtements que j'avais oubliés, Ralph n'était plus là. J'enfilai alors mes nouveaux sous-vêtements, ainsi qu'un chemisier et un jean avant de m'attacher les cheveux. Je regardais les bus à prendre sur mon téléphone lorsque je me rappelai soudainement que mes parents m'avaient envoyé ma voiture par train durant la semaine, je sortis donc les clés de mon sac.

Une fois arrivée en bas de son immeuble, je sonnai au nom qu'Anna m'avait fourni.

— C'est qui ? me demanda-t-elle par l'interphone.

— C'est Ruby !

— Troisième étage.

Je me tenais devant la porte de son appartement, légèrement essoufflée par les escaliers. Je n'eus même pas besoin de toquer que la porte s'ouvrit. Anna était vêtue d'une longue robe noire. Elle me serra dans ses bras en guise de bienvenue.

— Maman, elle est arrivée ! cria Anna en refermant la porte.

Une dame, aux cheveux blonds, entra dans le salon et sourit à ma vue. Elle avait le même sourire rayonnant que sa fille et semblait adorable.

— Enchantée de te connaître, je m'appelle Agnès.

— De même, Ruby.

— Viens dire bonjour à l'amie de ta sœur, cria la mère d'Anna en direction du couloir après m'avoir invitée à entrer dans le salon.

En observant ce dernier, mes yeux se posèrent sur les photographies qui étaient posées sur l'armoire du salon. Il y avait Anna, Agnès et un grand blond dont je reconnaissais la corpulence. Je m'approchai pour mieux l'observer et me retrouvai bouche bée.

Le garçon sur les photos était mon coloc.

— Ruby ? l'entendis-je derrière moi.

27

Ruby

Je me retournai lentement pour regarder d'où la voix provenait, même si j'étais sûre que c'était celle de Ralph. Je le vis bouche bée au fond du salon, derrière Agnès.

— Tu connais Ruby ? s'écria Anna.

— Oui, dit-il encore sous le coup de la surprise.

Je ne pouvais ni articuler un mot ni regarder autre part que ses yeux. Ce n'était pas comme si nous ne nous étions pas vus depuis des années, mais le fait que je me tenais dans son salon comme cela, après avoir dit bonjour à sa famille, j'avais l'impression d'envahir son espace personnel. Je me sentais si mal. Comme si j'étais entrée par effraction dans son intimité.

— D'où ? demanda Anna.

— C'est ma colocataire, répondit-il en reprenant un air normal.

— Celle que t'as insultée de bourge coincée au début de l'année ?

— Pardon ? demandai-je.

— Euh ouais, dit-il mal à l'aise en fixant le sol.

Sérieusement ?

— Mais Ruby, comment tu connais Anna ?

— Je t'ai dit tout à l'heure que j'avais discuté avec une fille qui est au lycée, dis-je, vexée par ce que je venais d'apprendre.

— Je savais pas que c'était ma sœur, tu m'as pas dit son prénom.

— Tu ne me l'as pas demandé, répliquai-je froidement.

— Vous êtes mignons à vous chamailler comme ça ! s'exclama Anna tout en souriant grandement.

Écarquillant les yeux, je virai au rouge.

— Et, Ruby, tu comptes aller où ? continua-t-il à me demander.

— T'es pas son père, donc lâche-la un peu, répondit Anna.

Sa mère, qui jusqu'à présent s'était contenter de nous examiner à tour de rôle, intervint :

— Ralph, comme l'a souligné Anna, tu n'es pas son père, et puis Ruby est très bien habillée, tu ne trouves pas ?

— Ouais, cracha-t-il d'un ton désagréable.

Mais que lui prenait-il ? J'étais sincèrement vexée par son comportement choquant. Il me regarda une dernière fois, cette fois-ci d'un air un peu embarrassé, comme s'il s'était rendu compte d'être allé trop loin. Il me fit un léger sourire et disparut de la pièce pour ensuite fermer une porte que je suspectais être celle de sa chambre. J'avais tellement de questions, comme la raison pour laquelle il avait déménagé s'il s'entendait bien avec sa famille ainsi qu'où était son père, car il n'apparaissait dans aucune des photographies de famille. En me rendant compte que je m'étais perdue dans mes pensées, je regardai autour et vis Anna et sa mère me sourire.

— Anna, on peut y aller ? lui demandai-je.

— Oui oui, je reviens dans deux secondes, dit-elle en s'éloignant vers un couloir.

Gênée, je me me tortillai nerveusement d'un pied sur l'autre sur le parquet avec mes escarpins.

— Tu as réussi alors ? me demanda sa mère.

— Pardon ?

Je l'interrogeai, confuse, ne sachant de quoi elle parlait.

— À t'habituer à Ralph. À habiter avec lui. Tu es la seule personne qui, depuis des années, a retenu son attention, m'informa-t-elle d'une voix douce.

En quoi me faire traiter de « bourge coincée » signifiait que j'avais retenu son attention ?

— Que voulez-vous dire par là ?

— Ralph se moque complètement des filles, habituellement. Je ne sais qu'il ne cherche qu'à coucher avec certaines, mais pas avec toi. La façon dont il te regarde, la façon dont il te parle, je vois qu'il te considère différemment. Crois-moi, si tu étais n'importe quelle fille, il ne t'aurait tout bonnement pas adressé la parole.

— Eh bien, on est un peu forcés à cohabiter, donc on s'est fait l'un à l'autre.

— Ralph ne s'est jamais habitué à vivre avec quelqu'un d'autre que sa sœur et moi, et avec toi à présent. L'an dernier, il a changé cinq fois de colocataires, filles et garçons, rien n'avait marché. Il n'arrive même pas à passer une semaine entière avec ses cousins.

Je souris à ce qu'elle venait de me dire. Cela me faisait une sensation bizarre de me dire que Ralph m'appréciait à sa propre manière. J'allais lui poser quelques questions à ce sujet, mais j'entendis des talons claquer dans le couloir où Anna avait disparu plus tôt. Elle réapparut avec une touche de rouge à lèvres et des sandales légèrement surélevées.

— On est prêtes à partir ! s'écria-t-elle avant que Ralph n'apparaisse près d'elle.

— Et vous allez où ?

— Je vais l'emmener manger dans un restaurant.

Ce n'était pas comme si j'allais emmener une fille de presque seize ans en boîte quand même.

— Quel restaurant ?

J'allais lui répondre qu'il n'avait pas besoin de savoir, mais encore une fois les circonstances avaient pris le dessus, comme le fait que je sortais avec sa sœur mineure et qu'il voudrait s'assurer que tout se passerait bien.

— Je t'enverrai le nom à notre arrivée.

— Fais attention à ma sœur, Ruby, me demandat-il d'un ton grave.

Je ne l'avais jamais vu aussi sérieux qu'à ce moment-là, alors qu'il l'était tout de même souvent autour de moi. Je hochai la tête on ne peut plus sérieusement afin de le rassurer.

— Oh, c'est bon ! Je suis plus un bébé Ralph, râla Anna.

— Même, lui dit-il avec un regard si tendre.

Décidément, il y avait beaucoup de choses que je ne connaissais pas sur Ralph.

— Ça a été un plaisir de vous rencontrer, Agnès, je vous ramènerai Anna en un seul morceau avant 22 heures.

— C'est très gentil de ta part, Ruby, mais ne t'inquiète pas, son couvre-feu est 23 heures en mains sûres. J'ai aussi été ravie de t'avoir rencontrée. Amusez-vous bien, les filles !

À notre sortie de l'appartement, Ralph hurla « Bon appétit les filles ! » Il était définitivement lunatique. Je conduisis une vingtaine de minutes avant de trouver un bon restaurant pas trop cher. Nous fûmes rapidement installées à table pour commander. J'avais fait attention de bien envoyer l'adresse du restaurant à Ralph comme demandé. J'appris énormément de choses sur Anna. Elle avait un copain qui était en terminale et avait donc dix-sept ans. Il voulait lui organiser une énorme fête pour son anniversaire qui était la semaine suivante, mais elle essayait de l'en dissuader. La conversation prit un tout autre tournant lorsque nous commençâmes à parler de Ralph après avoir fini le dessert. Alors qu'elle me taquinait sur la nature de notre relation, trois garçons, qui n'avaient pas l'air très rassurants par leur façon de scruter les environs et qui semblaient connaître Anna, s'approchèrent de nous.

— Coucou ma jolie, dit l'un en s'adressant à elle.

Le temps d'un instant, je crus que c'était le copain d'Anna, mais en voyant son regard angoissé, je rejetai cette supposition.

— Tu ne nous présentes pas ton amie ? demanda un autre.

— Laissez-la tranquille, dit Anna d'une voix tremblante.

Ça semblait assez sérieux vu son air apeuré. S'ils pensaient que j'allais rester là à ne rien faire, ils se mettaient un gros doigt dans l'œil.

— Oh, une amie ? Vous entendez ça, les gars ?

Un des garçons s'approcha alors de moi et m'effleura la joue tandis que je le repoussai d'un mouvement sec et vif. Alors que je les surveillais en train de parler à Anna, j'envoyai discrètement un message à Ralph, lui demandant de venir. Comme ça devait lui prendre un peu plus d'une vingtaine de minutes, j'en déduisis que les garçons seraient déjà partis et qu'il pourrait raccompagner sa sœur chez elle si elle le souhaitait. L'un des trois inconnus commença alors à s'approcher dangereusement d'Anna. J'intervins en me levant.

— Bon, je ne sais pas si vous avez compris, mais au cas où, je vais vous le dire clairement. Décampez d'ici, on ne veut pas de vous et ose te rapprocher d'Anna et tu verras, pointai-je du doigt le brun qui collait la jeune fille.

Un serveur, remarquant la scène, vint interpeller les garçons en leur demandant de partir.

— Tu comptes faire quoi ? dit le brun en s'avançant vers moi, le regard noir.

— Elle compte te foutre un coup dans l'entrejambe et tu iras chialer comme un gamin, dit une voix que je reconnaîtrais entre mille.

— Ralph ? s'écria Anna.

Elle courut alors vers lui et se cala contre lui. En le regardant brièvement, je vis son inquiétude se dissiper lorsque Anna fut près de lui. Apercevant le regard effrayé de sa sœur, ce dernier leur ordonna de partir tout en s'approchant de notre table. En réponse, le brun s'avança encore plus de moi.

— Ose ne serait-ce que la toucher... commença Ralph.

Mais le brun recula.

— Venez les gars, on se casse d'ici, dit celui-ci en me lorgnant une dernière fois.

Ralph interpella alors les garçons, les poings fermés.

— Osez vous approcher de ma sœur, peu importe le lieu, et je vous démolirai, les menaça-t-il.

Pour qu'il soit aussi furieux, il avait bien dû se passer quelque chose. Anna avait dû avoir des problèmes avec ces trois garçons par le passé pour qu'il réagisse ainsi. Le serveur, qui avait attendu jusqu'ici patiemment, les poussa dans les escaliers et les fit rapidement sortir.

— Veuillez nous excuser pour ce dérangement, nous dit alors ce dernier, l'air peiné.

— Ne vous inquiétez pas pour nous, le rassurai-je en payant l'addition.

Nous quittâmes alors le restaurant sous le regard de tous les clients.

28

Ruby

La brise fraîche vint caresser mon visage alors que nous nous tenions devant le restaurant. Je voyais Anna trembler légèrement à côté de moi et Ralph qui la fixait, désemparé. Il avait l'air trop perturbé et en colère pour la consoler avec douceur. J'enroulai alors mon bras autour d'elle et lui caressai le dos. Ses tremblements cessèrent et elle enfouit sa tête dans mon épaule.

— Ça va Anna ? demanda Ralph, inquiet.

Elle hocha la tête en guise de réponse.

— Qui étaient ces garçons ? interrogeai-je à mon tour.

Elle leva la tête et planta son regard dans le mien ; elle n'était plus l'Anna souriante, mais une jeune Anna effrayée.

— Des garçons de mon lycée, en terminale.

— Comment est-ce qu'ils te connaissent ?

— Tu sais, je t'ai dit que je sors avec un garçon en terminale ? Et bah, en gros il traînait avec ces trois mecs avant qu'on se rencontre et puis quand on a commencé à se parler, il a arrêté de les fréquenter parce que ce ne sont pas des gens *clean*, on va dire. Et donc depuis, ces trois gars, surtout celui qui me collait, viennent me voir ou me suivent quand je sors des cours.

Mais non… Je regardai alors Ralph qui ferma les yeux tout en crispant sa mâchoire ; il était donc au courant.

— Et ils t'ont déjà fait du mal ?

— Non, enfin presque, mais non, Charlie est arrivé et a frappé le mec qui me collait.

— Donc, ton copain est au courant de tout ça ?

Elle hocha la tête.

— Et ils persistent quand même à te pourrir la vie, ces mecs ?

— Oui, dit-elle d'une voix minuscule.

— Je te jure que s'ils continuent, ils le regretteront, commençai-je à m'énerver en secouant mes mains pour me calmer.

— Non Ruby, tu ne vas pas te mêler de ça, me dit Ralph.

— Écoute mon frère et reste en dehors de tout ça. Ce sont des fumiers ces gens-là, surtout lui, le soutint Anna.

— Et alors ? Ils doivent se calmer, ils n'ont pas à suivre une jeune fille quand ça les enchante. Qui sait ce qu'il pourrait t'arriver ? Qui sait jusqu'où ils pourraient aller ? Ça te bouffe le crâne toute la vie après, lui expliquai-je.

J'avais parlé plus fort que je l'avais voulu.

Alors que je fixais le sol, mes propos me firent repenser à mes années passées. Ces semaines, mois, années, à y penser et à faire des cauchemars.

— Viens par ici, toi, entendis-je sa voix me dire.

J'enfonçai ma tête dans mes bras et restai au fond de la petite pièce. Il me tira brusquement le bras et me traîna jusqu'au centre. En prenant le courage de lever les yeux, je vis qu'il tenait une ceinture à la main. Je ressentais tellement de peur constamment que j'en étais devenue immunisée.

— T'as pas mangé ! me gronda-t-il.

Alors que je me mis à l'observer, je ne pus m'empêcher de me dire que je l'aurais trouvé beau dans d'autres circonstances. Il avait un joli visage, mais des yeux si sombres que c'était le reflet de l'obscurité. Il me regardait ; il avait l'air fâché.

Il allait me frapper. J'allais encore avoir mal. Ma peau me brûlait. Cela faisait déjà une semaine que j'étais enfermée ici. J'avais des cicatrices et des bleus de partout. Je priais pour que mes parents me retrouvent.

— Arrête ton cirque immédiatement, petite peste, dit-il en me jetant un regard mauvais. Cesse de trembler. Lève la tête.

L'instant où je relevai les yeux, je sentis sa ceinture s'abattre violemment sur mon épaule droite et tombai en arrière tout en hurlant de douleur. Il continua de me frapper alors que j'étais allongée sur le dos, hurlant de douleur. La lanière de cuir s'abattait partout, sur mon torse, mes cuisses, mon ventre. J'étouffai mon cri en mordant ma main, qui commença à saigner. Je sentis les picotements s'intensifier et c'est là que je m'évanouis, encore.

— Ruby ?

Je clignai des yeux, revenant à la réalité, et vis Ralph et Anna me regarder étrangement. Sentant une larme perler le long de ma joue, je l'essuyai rapidement.

— Anna, il faut que tu rentres, dit Ralph en rompant le silence.

— Mais je veux passer plus de temps avec Ruby ! répliqua-t-elle.

Je voulais lui répondre, mais j'étais encore secouée par ce souvenir.

— Un autre jour Anna, Ruby doit être fatiguée, elle ne va pas partir, mais juste rentrer dans sa chambre, répliqua son frère.

Je fis alors un effort pour Anna.

— Je te dépose chez toi et je te promets qu'on restera en contact, lui dis-je à petite voix. Et puis, tu habites pas loin.

Alors que je m'arrêtai au niveau de ma voiture, Ralph fronça des sourcils.

— C'est la voiture de qui ?

— La mienne, pourquoi ?

— Mais tu me l'as jamais dit et je ne t'ai jamais vue avec une voiture. Tu n'es pas venue en transport le jour de ton arrivée, non ?

— Ah si, mais mes parents me l'ont envoyée en train jusqu'ici cette semaine.

— Tu ne me l'avais pas dit.

— Tu ne me l'avais jamais demandé, lui souris-je.

C'était la deuxième fois dans la soirée que nous avions cet échange. Au bout de quelques minutes, je montai dans ma voiture avec Anna, tandis que Ralph repartait vers le campus.

— Alors ? Avec mon frère ?

— Eh bien ?

— Tu l'aimes ?

— Aimer est un bien grand mot.

— T'as des sentiments dans ce cas-là ?

Je décidai d'arrêter de me voiler la face.

— Je pense, peut-être, mais je suis pas sûre.

— Il le sait ?

— Je ne le lui ai jamais concrètement dit, mais il doit bien le savoir.

— Il ne le sait pas, Ruby.

— Pourquoi tu dis ça ?

— Mon frère se considère comme un connard égocentrique et arrogant, ce qu'il est avec d'autres personnes pour ne pas les laisser entrer dans sa vie, mais pas avec toi. Et il est persuadé que personne ne l'aime et que personne ne peut aimer quelqu'un comme lui. Pourtant, t'éprouves bien des sentiments à son égard ?

— Oui.

— T'attends quoi pour le lui dire ?

— Je sais pas du tout, constatai-je.

Nous arrivâmes chez elle et elle sortit de la voiture en me lançant un dernier regard.

— J'ai été ravie de passer l'après-midi et la soirée avec toi, j'espère qu'on se revoit bientôt. Merci de m'avoir aidée avec les gars au restaurant. Et n'attends pas trop d'ailleurs.

— Euh, pour quoi ?

— Pour le lui dire, à mon frère.

Sur ce, elle referma la porte et entra dans son immeuble. En lançant un regard pensif dans le rétroviseur gauche, je repris la route. Je regagnai le campus au bout de quelques minutes.

29

Ruby

Ralph lisait sur son lit lorsque j'entrai dans notre chambre.

— Qu'est-ce qu'il s'est passé ? demanda Ralph.

— Quand ? lui demandai-je en posant mon sac sur mon lit.

— T'es fatiguée ?

Il avait changé de sujet.

— Non, pourquoi ?

Je le vis me fixer.

— On doit parler, me dit-il.

Les battements de mon cœur s'accélérèrent instantanément. Le ton qu'il avait pris me fit frissonner.

— C'est quoi les cicatrices que tu as aux cuisses ? Elles viennent d'où ? Pourquoi tu fais sans cesse des cauchemars ? La dernière fois, tu as changé de sujet, maintenant je veux savoir ce qu'il s'est passé, me dit-il sans ciller.

Sous le déluge de ses questions, je fus prise d'un léger tournis. Et puis, je n'étais absolument pas prête à en parler.

— Je ne peux pas, dis-je, la gorge serrée.

C'était toujours la même chose, à chaque fois que j'y pensais, j'avais mal.

— J'essaye juste de comprendre, Ruby.

— Et moi, j'essaye juste d'enterrer cette histoire ! Et puis, je ne te fais pas assez confiance pour pouvoir t'en parler, je ne l'ai encore dit à personne, enfin… directement. Seuls mes parents savent et c'est la police qui le leur a dit, je n'ai jamais exprimé un seul mot sur ce qu'il s'est passé, ni à eux, ni même à la psy que je voyais.

— Je rêve ou tu viens de me sortir que tu n'as soi-disant pas assez confiance en moi ?

Ébahie face à son reproche, je sentis des larmes me picoter les yeux.

— Mais merde, c'est quoi ton problème ? murmurai-je.

Je lui avais simplement dit que je ne lui faisais pas assez confiance, tout naturellement à la vue de notre relation, et il osait me le reprocher. Il y avait d'autres choses dans mes propos qui étaient plus importantes que ça.

— Ruby, je t'ai vue chialer dans la rue tout à l'heure, tu prétends que tout va bien, alors que tout va mal et après tu me demandes quel est mon problème ?

— Quand est-ce que j'ai pleuré dans la rue ?

— T'es restée pensive quand on est sortis du resto et puis t'as pleuré, me dit-il d'un air plutôt déplaisant.

Je repensai à cet instant et me rendis compte qu'il faisait allusion à la larme que j'avais versée dans le flot de mes souvenirs.

— Une larme, ouah, c'est vrai que j'ai extrêmement chialé hein, haussai-je d'un ton. C'est quoi ton problème, Ralph ? J'ai assez de soucis comme ça pour que tu me reproches de ne pas te faire assez confiance ? Tu changes constamment de comportement avec moi, un moment t'es tout gentil et puis après tu me la fais à l'envers. Comment veux-tu que je fasse confiance à une personne aussi instable que toi, surtout sur des aspects de mon passé sur lesquels je ne me suis jamais ouverte à quiconque ?

Il inspira bruyamment avant de prendre sa veste et sortir de la chambre. Décidée à le suivre encore une fois, je pris les clés ainsi que mon sac et sortis derrière lui. Je refermai rapidement la porte de la chambre et marchai vite pour le rattraper alors qu'il se dirigeait vers la sortie du campus et continua à marcher dans les rues de Paris. J'étais surprise de voir qu'il ne s'était pas retourné une seule fois pour vérifier que je ne le suivais pas, comme la dernière fois. Au bout de quelques minutes, je le vis dépasser une file de personnes, pour entrer dans ce qui me semblait être une discothèque. Pour que je puisse entrer aussi rapidement, il fallait que j'en montre beaucoup. Je déboutonnai donc mon chemisier jusqu'en bas de mon soutien-gorge pour dévoiler ma nouvelle dentelle. Je m'avançai alors jusqu'aux deux hommes qui se tenaient à l'entrée, ne pensant pas pouvoir entrer. Ils me regardèrent de haut en bas et me laissèrent étonnamment passer. Je pénétrai lentement dans un couloir assez sombre. La musique était tellement forte que les murs tremblaient. Je rejoignis rapidement la foule qui dansait les bras levés et cherchai Ralph dans chaque recoin de la salle. Après une bonne dizaine de minutes, j'abandonnai l'affaire en m'installant au bar. Je commandai ensuite deux shots de vodka et les descendis en deux gorgées.

— Allez-y mollo demoiselle, me dit le barman, accompagné d'un clin d'œil.

— Vous inquiétez pas pour moi, répondis-je à son regard sympathique.

— Au contraire, c'est aux jeunes filles comme vous que s'attaquent les pervers, me dit-il sans l'once d'une plaisanterie dans le regard.

Je le regardai en haussant un sourcil et lui souris tout en le détaillant. Il devait être dans la cinquantaine, avec la minuscule apparition de cheveux gris. Je l'observai une quinzaine de minutes avant de me mettre à bavarder avec ce dernier.

— Ça fait longtemps que vous êtes dans le métier, hein ? demandai-je.

— Observatrice à ce que je vois, me sourit-il. Mais oui, c'est la vingt-huitième année que je suis barman, et toi ? Étudiante ?

— Exact.

— Et pourquoi cette soudaine envie de boire, si je peux me permettre de demander ?

— Oh, rien en particulier, je cherche un ami depuis tout à l'heure et je suis fatiguée de ne pas le trouver.

Il fit une grimace avant de me répondre :

— Ça va être difficile de le trouver dans cette foule, vous vous êtes disputés ?

— Oui, en quelque sorte.

— Ce n'est qu'un ami ? me demanda-t-il en souriant.

— Non, enfin je ne sais pas trop ce qu'on est.

— Tu devrais clarifier ça. Les jeunes, vous avez tendance à négliger l'importance de la communication et l'importance d'être sur la même longueur d'onde.

— Oui, c'est vrai, dis-je pensive.

— Je reviens, me dit-il avant de se diriger vers des personnes qui demandaient à être servies.

J'avais ressenti une montée d'adrénaline due à l'alcool ingéré quand je sentis quelqu'un s'asseoir à côté de moi.

— Salut beauté, dit un garçon dont la voix était complètement éraillée.

— Oh putain, j'ai absolument pas la tête à ça, donc s'il te plaît, pars.

— Tout doux ma belle, tu sais pas à qui tu t'adresses, mais ne t'inquiète pas, j'aime les sauvages.

Je ricanai et tournai ma tête en sa direction afin de voir son visage. Ce n'était qu'un garçon qui avait probablement la vingtaine.

— Désolée pour toi, mais je préfère mourir que coucher avec un pervers dans ton genre.

Je vis immédiatement dans son regard que ça ne lui avait pas plu.

— Redis un truc comme ça et je te frappe, salope, articula-t-il en posant sa main sur ma cuisse. Joli soutien-gorge que tu as là d'ailleurs.

Il remonta sa main le long de ma cuisse.

Avec l'angoisse de retrouver Ralph, j'avais complètement oublié de reboutonner mon chemisier une fois entrée. Cependant, je ne tolérai pas qu'il me touche.

— C'en est de trop, lui dis-je en lui balançant mon poing à la figure.

Je faillis tomber avec la force que j'avais mise, mais je me rattrapai au dernier moment au bar. Il fallait dire que je n'avais jamais été aussi violente que ces dernières semaines, mais tout le monde testait mes limites. Quant au garçon, il tomba à la renverse tout en se tenant le nez. En se relevant, il me lança un regard noir, mais il fallait dire qu'ainsi il ressemblait à un enfant qui piquait une crise de colère.

— Dégage, petit merdeux, lui cria le barman.

Ce dernier fit le tour du bar et tira le garçon par l'épaule. Il l'éloigna, sûrement en direction de la sortie. Je cherchai alors Ralph et ne le trouvant pas, j'eus une idée, peut-être complètement folle, mais efficace. En à peine quelques secondes, je fus rapidement debout sur une des tables à danser au rythme de *Pray for me* de G-Eazy. J'entendis plusieurs personnes chahuter en ma direction. Quelques secondes plus tard, je sentis quelqu'un m'attraper les pieds. Ralph me hurlait de descendre. Mon plan avait bien fonctionné. Je descendis et il m'entraîna dans un coin plus calme. Il semblait extrêmement énervé.

— Pourquoi tu m'as suivi et pourquoi est-ce que tu t'es déhanchée devant tous ces chiens ? Et reboutonne ton chemisier, bordel.

Je baissai le regard et vis en effet que toute ma poitrine recouverte du tissu en dentelle était apparente.

— Je voulais voir où tu allais, lui répondis-je honnêtement en reboutonnant mon haut. Et comme je ne te retrouvais pas, eh bien je me suis dit que tu pourrais me voir facilement. Tu n'as pas à t'enfuir comme ça dès que nous avons une conversation d'adulte.

— Tu voulais voir où j'allais parce que tu ne me fais pas confiance, c'est ça ? cria-t-il. Ah bah oui, Madame ne me fait pas confiance, hein ? Normal, j'suis qu'un connard égocentrique qui se tape des meufs que pour satisfaire ses propres envies et n'en a rien à foutre s'il les blesse. C'est vrai que j'suis qu'un salaud à…

— Répète ça encore une fois et je te jure que… lui coupai-je la parole, les larmes aux yeux face à sa description de lui-même. Comment peux-tu penser ça de toi-même ? Pourquoi est-ce que tu crois que je me donne autant de mal à te suivre, te chercher et à m'inquiéter pour toi, merde ?

Il se rapprocha alors de moi et après nous être regardés pendant plusieurs secondes, maintenant apaisé, il posa sa main sur ma joue et son front contre le mien. Je pouvais entendre sa respiration qui était aussi saccadée que la mienne. Cette proximité, même si déconcertante, me sembla une des choses les plus naturelles au monde, à ma plus grande surprise. Depuis mon enlèvement, je fuyais le contact physique, mais avec Ralph, à ce moment-là, j'avais l'impression que nous avions été proches toute notre vie.

— Putain, mais qu'est-ce que j'ai fait de bien dans ma vie pour avoir la chance de connaître une personne aussi gentille et attentionnée ?

— À toi de me le dire, lui répondis-je. Tu veux pas qu'on rentre pour qu'on soit un peu plus tranquilles ?

Je lui lançai un regard pour qu'il comprenne à quoi je pensais. Il me rendit un grand sourire avant de me prendre la main pour que nous sortions de la boîte.

30

Ruby

La lumière du jour perça mes paupières. J'avais extrêmement mal au bas du ventre, où je sentis une douleur perçante naître au mouvement microscopique de mes jambes. Il me fallut quelques secondes pour me remémorer les événements de la veille. Dès que je me souvins de m'être assoupie auprès de Ralph, j'ouvris immédiatement les yeux, pour le trouver endormi à mes côtés. Son torse tatoué brillait sous les rayons du soleil qui passaient à travers la fenêtre ; c'était magnifique à voir. Je remarquai ses cheveux complètement aplatis sur son crâne, ainsi qu'une barbe naissante pousser le long de sa mâchoire. Ses lèvres rosées étaient légèrement entrouvertes tandis que ses paupières, adoucies par ses longs cils, bougeaient légèrement. Je me déplaçai afin de lui faire face et observer son buste monter et descendre, au son de sa respiration. Je continuais de l'observer quand je vis ses yeux s'entrouvrir. Remarquant qu'il était à moitié réveillé, je me penchai sur lui afin de poser mes lèvres sur sa joue. Je sentis ses joues remonter, probablement dû au fait qu'il devait être en train de sourire. Je m'éloignai de son visage tout en remarquant ses beaux yeux marron-vert me fixer.

— Salut, dit-il d'une voix rauque dangereusement sexy.

— Bonjour, lui souris-je.

— Il est quelle heure ?

Je me penchai du côté de mon bureau afin de distinguer la petite horloge, placée sur cette dernière : 10 h 27.

Je lui dis l'heure tout en essayant de m'étirer. Le lit étant bien trop petit pour deux personnes, je ne pus complètement effectuer mon mouvement.

— Bon, il faut que je me lève, lui fis-je remarquer.

— Pourquoi ? me demanda-t-il tout en me serrant contre lui.

Ce geste m'avait surprise. Je ne m'attendais pas à ce qu'il soit tactile un lendemain matin.

— Il faut que je travaille, je ne suis pas venue ici pour ne rien faire.

Je lui touchai le bout du nez pour le taquiner.

— Argh, râla-t-il, tu veux que je me retourne pour que tu t'habilles ?

— Oui, s'il te plaît, lui dis-je avant de me lever.

Même si nous avions été intimes la veille, j'appréciais énormément son effort pour que je me sente à l'aise. Une fois qu'il eut modifié sa position, j'attrapai mes sous-vêtements et les enfilai rapidement tout en grinçant des dents pour éviter de hurler à cause de la douleur que je ressentais au bas du ventre. Je pris une serviette qui était posée sur ma chaise et l'enroulai autour de mon corps.

— C'est bon, lui dis-je. Je vais aller me doucher.

— D'accord, mais je crois que t'as oublié quelque chose, me dit-il en me faisant signe du doigt de m'approcher de lui.

Une fois à sa hauteur, il me tira brusquement vers le lit, me faisant perdre l'équilibre et tomber dessus. Il tint ma tête entre ses mains et m'embrassa alors que je mis mes genoux, de part et d'autre de ses hanches. Je ne savais pas quoi penser de son action. Pourquoi était-il si chaleureux d'un coup ? Était-il rassuré de savoir que j'étais aussi attirée par lui qu'il ne pouvait l'être par moi ? Ou était-ce seulement parce que nous avions passé une bonne nuit ensemble ? Alors que les questions me submergeaient, je décidai de mettre fin à ce moment pour que je fasse quelque chose de ma journée.

— Je crois que je devrais vraiment aller prendre ma douche là, lui souris-je.

Je quittai la chambre en attrapant mes habits et ma trousse de toilette au passage. En revenant une dizaine de minutes plus tard, Ralph était sorti. Sur le coup, j'eus extrêmement peur qu'il se soit envolé, s'étant rendu compte qu'il regrettait ou peut-être qu'il voulait me faire comprendre qu'il n'y aurait plus rien. Je fus extrêmement soulagée en l'entendant ouvrir la porte derrière moi, douché et rasé.

— Tu m'as fait une peur bleue, lui avouai-je en reprenant mes esprits après ces instants délirants.

— Pourquoi ?

— Oh, je ne sais pas, j'ai eu peur de ta soudaine entrée, mentis-je tout en faisant semblant d'être prise par le rangement de mon armoire.

Je triai mes vêtements tout en me disant que mes pensées étaient complètement ridicules ; il ne serait jamais parti. Où aurait-il pu aller ? Je secouai brièvement la tête afin de chasser ces pensées. Je vis que mes nouveaux achats d'il y a trois semaines, après la journée shopping avec ma cousine, étaient toujours dans leurs sacs de magasin. Je les rangeai donc, en prenant soin de découper les étiquettes et de les plier. Pendant ce temps-là, j'entendais Ralph pianoter sur son portable.

Trente minutes s'étaient écoulées lorsque j'eus fini de ranger mon bureau. Je lançai un regard vers Ralph qui, lui, était assis sur son lit et pianotait, non sur son portable, mais sur son ordinateur. Il me regarda et secoua la tête en souriant.

— Qu'est-ce qu'il y a ? lui demandai-je en penchant la mienne d'un côté.

— C'était divertissant de te regarder ranger ce qui était déjà rangé.

— Hilarant.

Je levai les yeux au ciel sans pouvoir me retenir de sourire.

J'allais rajouter qu'il pourrait faire de même, voyant l'état de son bureau, quand mon portable sonna. Je le sortis de la poche de ma veste et mon visage s'illumina l'instant où je vis que c'était Rachel, ma meilleure amie.

— Hé ! criai-je dans le combiné.

— Ruby, ça fait trop longtemps ! cria-t-elle aussi.

— Effectivement ! Merde, ça fait trois semaines qu'on ne s'est pas appelées.

— Je sais ! J'suis désolée Ruby, j'ai été tellement prise par les études et les potes.

— Oh, mais ne t'inquiète pas, on est toutes occupées.

Nous passâmes près d'une heure à parler et à rire au téléphone, même si ma bonne conscience disait de raccrocher et de travailler. Je lui avais expliqué ma situation avec Pierre et allais parler de Ralph quand je me rappelai qu'il était juste à côté. Je voulais tout lui raconter, mais avec ce dernier dans la même pièce, ça n'allait pas le faire.

— Je vais devoir te laisser, lui dis-je, remarquant qu'il était déjà 13 heures et qu'il fallait bien que je m'y mette à un moment.

— OK, on se rappelle bientôt, hein !

— Oui, promis.

— Je t'aime fort Ruby. Tu le sais ça, hein ?

— Je sais, moi aussi je t'aime, lui répondis-je avant de raccrocher.

Je fixais mon portable, pensive, quand des claquements de doigts me ramenèrent à la réalité.

— On va manger ? me demanda Ralph, debout au bout de mon lit.

— Euh, il faut que je travaille, lui dis-je tout en reprenant mes esprits.

— Mais il faut bien que tu déjeunes.

— Oui, mais je ferai ça plus tard, je n'ai pas travaillé hier à part la matinée.

— Oui, mais je t'ai vue réviser tous les soirs ces dernières semaines. Ne pas bûcher un ou deux jours ne va en aucun cas te tuer. Bien sûr qu'il y a du travail, Ruby, mais tu le fais, donc tu n'as vraiment pas à t'inquiéter, tu fais du bon boulot.

— Bon, très bien, mais on revient vite, d'accord ?

— Promis ! s'écria-t-il.

31
Ruby

Nous décidâmes de prendre sa voiture afin d'explorer des restaurants un peu plus loin du campus. J'étais partante pour un italien comme d'habitude, mais Ralph voulait que j'essaye un établissement américain qui faisait des assiettes de brunch avec des pancakes.

— Hum… Je sais pas trop, Ralph.

— Ruby, tu vas adorer ! Et si t'aimes pas, je t'emmènerai dans un italien.

— Bon d'accord, me résignai-je.

Cela faisait une dizaine de minutes qu'il conduisait afin de sortir de l'arrondissement où l'université se trouvait tandis que je parcourais Instagram pendant ce temps-là. J'étais si préoccupée par mon téléphone que je ne m'étais pas rendu compte que Ralph me parlait.

— Oh pardon, j'étais absorbée, tu me disais… ?

— Oui, je demandais seulement depuis quand tu étais sur les réseaux sociaux.

— Je suis pas une femme préhistorique, tu sais.

— C'est vrai.

Je voulais chercher Ralph sur Facebook quand je me rendis compte que je ne connaissais même pas son nom de famille.

— C'est quoi ton nom de famille en fait ?

Il rit en guise de réponse.

— Tu n'as même pas cherché à savoir ?

— Comment ça ? lui demandai-je, confuse.

— Je suis allé demander à l'accueil pour ton dossier, donc j'ai eu des informations comme ton nom de famille, ta date et ton lieu de naissance, ton parcours scolaire et tout le baratin.

— Attends, tu as fait quoi ? Pourquoi ne me l'as-tu pas simplement demandé ? Bon d'accord, je t'accorde le fait qu'on ne se parlait pas trop, mais je t'aurais donné des informations basiques. Soit, on s'éloigne du sujet, c'est quoi ton nom de famille ?

— Bennet avec deux « n » et un « t ».

Je souris en secouant la tête et insérai ses nom et prénom sur la base de recherche.

— Qu'est qu'il y a ? Pourquoi tu souris ?

— Attends deux minutes, lui dis-je le temps de parcourir son compte et de l'ajouter. C'est juste que le nom de famille de l'héroïne de mon roman préféré est le même que le tien, c'est tout.

— C'est drôle ça, c'est quel livre ?

— *Orgueil et préjugés* de Jane Austen.

— Ouah, sérieux ?

— Oui, pourquoi ?

Il me jeta un regard avant de se concentrer sur la route.

— Non rien, je pensais pas que t'aimais les classiques anglais.

— Eh bien, détrompe-toi, je les adore.

— Donc tu as aussi adoré *Jane Eyre* de Charlotte Brontë, j'imagine ?

— Oui ! Mon deuxième préféré, comment tu le sais ?

— Ma sœur adore lire, donc j'ai quelques connaissances dans ce domaine-là.

— Ah oui, c'est vrai.

— T'en as lu d'autres ?

— Oui, alors j'ai lu *Tess d'Urberville*, *Les Hauts de Hurlevent*, *Raison et sentiments*, *Persuasion*, *Emma*… La liste est longue.

— Ouah, une vraie fan de Jane Austen à ce que je vois… répondit-il, pensif.

Il sembla partir dans ses pensées lorsque je l'en sortis en lui demandant son nom d'utilisateur sur Instagram. Je regardai ses photos de cette année et ensuite de celle de l'année dernière.

— Eh bah dis-donc, tes photos de l'année dernière, Ralph, ris-je.

Il changea de ton.

— Arrête de les regarder.

— D'accord, d'accord, mais pourquoi ?

— Parce que c'est mon passé et que je ne me réjouis pas trop à l'idée de savoir que tu regardes des photos comme ça.

— Justement, ça fait partie de toi vu que c'est ton passé, lui fis-je comprendre.

— Non, Ruby. J'ai pas envie que tu sois mêlée à mon passé ni que tu le connaisses.

— Pourquoi tu veux pas que je connaisse la personne que tu étais il y a encore quelques semaines ?

— Je le veux juste pas, point final.

Même si je trouvais sa réaction anormale, je laissai tomber. Le reste du trajet se fit en silence tandis que j'imaginais les pires scénarios plausibles vis-à-vis de son passé et allant trop vers l'extrême, je secouai ma tête afin de chasser ces idées. Quelques minutes plus tard, il se gara dans un parking souterrain. Je le suivis en silence afin d'en sortir. Il tourna à droite dans une ruelle et au bout de cette dernière, y était installé un établissement de style américain. Certains jeunes étaient assis sur la terrasse avec des assiettes de pancakes ainsi que des smoothies alors que d'autres buvaient des cafés tout en tirant sur leur cigarette.

— Tu viens ?

— Oui, oui, lui répondis-je en le suivant à l'intérieur du restaurant.

Deux heures plus tard, nous sortîmes le ventre rebondi par tous ces pancakes. Malgré le fait que nous nous étions disputés pour savoir qui allait payer l'addition, j'avais fini par remporter la bataille.

— Je te hais, me dit-il en sortant du restaurant.

— Contente que ce soit réciproque.

— Donc, on fait quoi maintenant ? Il est déjà 15 h 30.

— Il faut que je rentre travailler.

— Rooo, allez Ruby, on est dimanche et je parie que tu as fini de revoir le nécessaire.

— Je ne sais pas trop Ralph, je ne suis pas là pour louper mes études.

— Ce n'est pas deux heures de Netflix qui vont te tuer.

— Tu veux qu'on... regarde un film ? fis-je, surprise.

— Euh, bah oui, dit-il gêné. Ça t'irait ?

La personne qui se tenait devant moi semblait si différente du Ralph arrogant et mesquin que j'avais rencontré plus tôt dans l'année.

— Bon, très bien, on rentre et on se regarde un petit film, mais dans la chambre, et après tu me laisses tranquille pour que je puisse travailler.

— Ça me va, dit-il en se dirigeant vers le parking.

Nous reprîmes la voiture et une fois qu'il eut pris le volant, son téléphone sonna.

— Tu peux vérifier qui appelle ?

En mettant ma main dans la poche de sa veste, je vis que c'était juste un numéro non enregistré.

— Tu peux répondre, me dit-il alors qu'il restait focalisé sur la route.

— Allô, dis-je dans le combiné.

— T'es qui ? me demanda une voix extrêmement aiguë.

— Euh, bah, c'est toi qui appelles Ralph, donc qui est-ce ?

— Bah c'est Marianna, y a mon nom affiché, t'es conne ou quoi ?

— Alors tu vas te calmer deux secondes. D'une, ton nom n'est pas affiché parce que Ralph ne t'a probablement jamais enregistrée dans ses contacts, puis de deux, si tu pouvais supprimer le numéro de Ralph parce qu'il n'est plus intéressé, ça serait gentil, maintenant la bise, dis-je en raccrochant.

Il me fallut une seconde pour me rendre compte sur quel ton je venais de parler à cette personne, mais elle l'avait vraiment cherché avec son ton hautain et en insinuant que j'étais idiote. Cependant, j'espérais que Ralph était d'accord avec ce que je venais de dire, ou du moins qu'il ne me détesterait pas pour cela.

— Ouah, c'était qui ?

— Marianna.

— Euh, je sais pas qui c'est. Probablement une ancienne amie.

Je ris à l'entente du mot « amie ».

— Et je fais partie de tes amies, moi ?

Il me lança un regard comme si cela était évident.

— D'ailleurs, j'ai bien aimé comme tu lui as répondu, sourit-il en coin.

— Moi aussi, répondis-je rassurée par sa confirmation.

32
Ruby

J'enlevai mes chaussures à l'entrée et sautai sur mon lit. J'avais fermé les yeux et commençai à me relaxer sérieusement quand je sentis une tape sur le dos. Je me retournai et vis Ralph debout près de moi, tout en affichant un sourire au coin de ses lèvres. Je me demandais comment j'avais fini par plaire à quelqu'un qui était si beau avec des yeux si craquants. Ces derniers jours semblaient comme un rêve éveillé.

— Alors ?

Il me tira de ma rêverie.

— Quoi ?

— On devait pas regarder un film ?

Je me levai précipitamment.

— Ah si ! Désolée, j'avais oublié. Qu'est-ce qu'on regarde ?

— À toi de voir, c'est quoi ton film préféré ? me demanda-t-il en saisissant son ordinateur qui était posé sur sa table.

Je souris face à sa question.

— Oh non, je le sens mal, rit-il.

— *Orgueil et préjugés*, souris-je.

— La version avec Keira Knightley ?

Tout mon visage s'illumina en voyant qu'il la connaissait.

— Oui ! Tu l'as déjà vu ?

— Quelques bouts parce que ma sœur l'a vu dix fois. Oui, c'est une dingue, donc quand j'entrais dans sa chambre, bah je voyais des morceaux du film.

— Et comment sais-tu le nom de l'actrice ?

— Je reconnais l'actrice quand même, c'est pas le seul film qu'elle a fait, dit-il en cherchant le film sur Netflix.

J'attrapai le chargeur de mon téléphone sous mon lit en voyant qu'il n'avait plus de batterie. Une fois installé sur le lit de Ralph, les rideaux tirés, il lança le visionnage. Étant donné que je le connaissais quasiment par cœur, je me mis à silencieusement dire les dialectes en même temps que les acteurs.

— Tu l'as vu combien de fois au juste ? me demanda-t-il au bout de dix minutes.

— Une trentaine peut-être ?

— Et moi qui disais que ma sœur était une folle pour l'avoir vu dix fois.

Nous passâmes les deux heures qui suivirent à regarder le film. Je sentis son regard se poser sur moi à plusieurs reprises, mais j'étais trop concentrée pour détourner mon attention de l'écran. Lorsque le générique passa à la fin, je me retournai et m'allongeai complètement sur le lit.

— Alors, t'as aimé ?

— Oui, ça va, enfin les films romantiques ne sont pas mon genre, mais je trouve qu'il est plutôt bien joué, et puis t'as l'air de le kiffer, donc ça va.

— Que c'est mignon !

— Oui, mais petit conseil, t'y habitue pas.

— Ah ouais ?

— Bah ouais, et tu vas faire quoi maintenant ?

Je lui sautai dessus et lui fis des guilis. Comme prévu, il se mit à se tortiller dans tous les sens et à crier.

— Arrête ! Putain, rit-il. Arrête ! Stop ! Je t'en supplie.

— Ah ouais, alors t'es toujours sûr de ton « ne t'y habitue pas trop » ?

— S'il te plaît, je t'en supplie, arrête !

J'arrêtai les chatouilles et le laissai respirer quelques secondes. Je m'apprêtai à recommencer quand il attrapa mes poignets tout en me bloquant les chevilles et me fit basculer en arrière.

— Ralph ! C'est de la triche !

— En quoi c'est de la triche, rétorqua-t-il avec un sourire narquois.

— Tu peux pas me faire de chatouilles, je crains plus que tout le monde.

Il réfléchit quelques secondes et je priais intérieurement pour qu'il abandonne toute tactique de vengeance quand il se mit à sourire.

— C'est bon, allez, va travailler, me dit-il en se levant du lit.

— Attends, quoi ?

— C'est pas toi qui m'as dit que tu devais travailler ?

— Oui, mais donc tu me fais pas de guilis ?

— Non, je te laisse tranquille, t'inquiète.

— Et toi, tu comptes faire quoi en attendant ?

— Je vais faire un tour dehors, appelle-moi quand t'auras fini.

— Très bien, lui dis-je en me faisant un chignon sur le haut du crâne.

Il sortit et, déçue qu'il ne m'ait rien dit d'autre, je me mis au travail.

Après plusieurs heures à revoir mes cours et faire les activités assignées, je m'étirai le dos sur la chaise. En vérifiant l'heure sur mon téléphone, je vis un message de la part de Ralph.

T'as toujours pas fini ?

Si, à l'instant.

Sa réponse arriva quelques secondes plus tard.

J'arrive dans 20 minutes, tu veux quelle pizza ?

Depuis quand était-il devenu aussi attentionné comme cela ? Je ne voyais pas Ralph être comme ceci même si nous sortions officiellement ensemble, donc qu'il avait fait autant d'efforts alors que nous n'avions pas clarifié ce que nous étions l'un pour l'autre me surprenait énormément. J'aimais voir ce côté attentionné sortir, surtout après une séance intense de travail.

Une reine, s'il te plaît :)

Après avoir vérifié mes autres notifications, je fermai mon ordinateur et, prenant mon pyjama avec moi, filai à la douche. En regagnant ma chambre, Ralph était rentré et s'était changé en t-shirt et jogging. En voyant ses cheveux, je m'arrêtai sur place.

— T'as fait quoi à tes cheveux ?

— J'ai décidé que les avoir légèrement plus courts me ferait du bien parce que m'occuper des cheveux assez longs n'est plus trop mon délire, ça a commencé à me fatiguer. T'aimes pas ma nouvelle coupe ?

Je le dévisageai en observant attentivement sa coupe. Il avait nettoyé les côtés de son crâne alors qu'il avait laissé une masse plus importante sur le haut de sa tête, ses cheveux lui tombant légèrement sur le front. Je devais avouer qu'il était drôlement beau comme ça ; sa coupe de cheveux le rendait encore plus âgé, dans le bon sens du terme.

— Si si, j'aime bien, au contraire, ça te va mieux je trouve. Quoique la masse importante de cheveux sur le haut du crâne, c'était toi quoi, mais là, ça te va mieux je dirais. Ça fait plus un look clean, si tu vois ce que je veux dire.

— J'ai compris Ruby, rit-il.

Je secouai de la tête pour arrêter de dire n'importe quoi et le regardai en souriant. En sentant une délicieuse odeur, je détournai mon regard vers les boîtes de pizza posées sur mon bureau. Je m'y dirigeai avec hâte et les ouvris. Les pizzas avaient l'air délicieuses. Je lui tendis sa boîte de pizza marguerite, pris la mienne et m'assis en face de lui sur son lit. Je le vis sourire alors que j'étais en train de dévorer une part.

— Qu'est-ce qu'il y a ? lui demandai-je

— Pourquoi tu t'es rien acheté à grignoter, si t'avais aussi faim ?

— Je sens pas ma faim quand je suis concentrée.

Je me rendis alors compte de la rapidité avec laquelle j'avais dévoré les deux premières parts.

Nous continuâmes de parler toute la soirée. L'atmosphère était très légère et nous fûmes pris de fous rires maintes fois. Quelle soirée cela avait été ! Ralph m'avait parlé de son enfance et m'avait montré des photos de lui ainsi que d'Anna, plus jeunes. Je remarquais que son père n'apparaissait sur aucune d'entre elles et me demandais ce qu'il s'était passé, mais ce n'était clairement pas le moment de lui demander. Nous comptions mettre un film, mais il s'était endormi sur le lit lors de notre conversation. Je ne savais pas si je pouvais dormir à côté de lui, mais j'étais sûre qu'après la soirée que nous avions eue, il ne serait pas choqué de me voir près de lui au réveil. Je restai sur mon téléphone pendant une dizaine de minutes avant de finir par m'endormir.

Je me réveillai en sursaut en plein milieu de la nuit en sentant le bras de Ralph m'entourer. J'avais oublié que je m'étais endormie à côté de lui. J'essayai désespérément de retrouver le sommeil. Je ne pouvais m'empêcher de vérifier l'heure toutes les dizaines de minutes sur son téléphone à côté de nous. N'ayant rien d'autre à faire, je restai tout simplement sur le ventre, à observer Ralph dormir paisiblement, à la lumière bleutée de la nuit. Des heures passèrent avant que je puisse me rendormir, un sourire aux lèvres, face à lui.

— Ruby, réveille-toi.

Je sentis quelqu'un me secouer.

Je pris quelques minutes pour ouvrir les yeux avec le soleil qui m'éblouissait.

— Il est quelle heure ? chuchotai-je, encore endormie.

— 8 h 25.

Je râlai en pensant que je n'aurais pas assez de temps pour manger vu que le premier cours de la journée commençait à 9 heures.

— Ça ne t'a pas suffi de dormir sept heures ? rit-il.

— Je me suis réveillée en plein milieu de la nuit et j'ai pas pu me rendormir avant un bon bout de temps, murmurai-je.

— Ah merde, pendant combien de temps ?

— Un peu moins de quatre heures.

— C'est énorme !

— Je sais Ralph, ronronnai-je contre l'oreiller.

— Tu veux rester dormir quelques heures de plus ?

— Non, non.

Je parvins à m'asseoir lentement sur le lit et à ouvrir les yeux. Ralph était assis près de moi, tout sourire.

— Et toi, as-tu bien dormi ?

— Oui plutôt, approuva-t-il en hochant la tête.

Il avait l'air si mignon avec ses cheveux bouclés aplatis sur son front. Je lui fis un bisou sur la joue avant de me lever du lit.

— Bon, faut que j'aille me préparer.

— On se voit ce soir ?

— Oui. Enfin, tu prends ta pause déjeuner à quelle heure ?

— 13 heures à 13 h 45.

— Bah, si tu veux, on peut manger ensemble ?

— Je suis supposé manger avec des gens de ma bande, on se voit ce soir ?

— Oui, murmurai-je, déçue.

Cela faisait deux heures et demie que j'assistais à mon cours de droit constitutionnel quand je vérifiai mon portable pour la énième fois dans l'espoir de recevoir un message provenant de Ralph.

— T'attends un message de quelqu'un ? me demanda Charlotte.

— Non, non, lui répondis-je avant de me reconcentrer sur le cours.

Dès que le cours prit fin, je sortis rapidement et regagnai ma chambre pour la pause déjeuner. Je n'avais pas le moral pour manger et préférai donc rentrer écouter de la musique avant que le prochain cours commence. À la fin de ma pause, je sortis de ma chambre et me retrouvai nez à nez avec Ralph, Nathan, Nicolas, deux garçons que je n'avais jamais vus et trois autres filles que je ne connaissais pas.

— Ruby ? me demanda Nathan. Qu'est-ce que tu fais ici ?

J'enlevai un de mes écouteurs et lui souris brièvement avant de lui répondre.

— Oh rien, j'étais juste rentrée me reposer, lui souris-je.

Je regardai Ralph, qui avait sa main sur l'épaule d'une des filles qui me souriait. Je fis un léger sourire avant de marcher vers ma salle. Je m'attendais à ce que Ralph essaye de me rattraper, mais non… il n'en fit rien, me laissant le cœur serré.

33
Ruby

Alors que je m'éloignais, j'entendis Nathan m'appeler. En me retournant, je le vis courir vers moi tandis que le groupe continuait de marcher.

— Qu'est-ce qu'il y a ? lui demandai-je lorsqu'il fut arrivé près de moi.

— Je voulais juste te dire, pour la fille avec qui Ralph était, c'est qu'une bonne amie, il n'y a absolument rien entre eux, me sourit-il.

Une partie de moi fut soulagée d'entendre cela, mais je ne comprenais pas pourquoi Nathan venait me dire ça.

— C'est gentil de ta part de me prévenir, mais pourquoi au juste ?

— Je tiens à Ralph et je vois à quel point tu le rends heureux en ce moment, donc j'ai pas envie qu'un malentendu gâche les choses. Têtu comme il est, il aime pas se justifier et le connaissant, il ne te dira pas qu'il n'y a absolument rien entre eux.

— Ah.

Je hochai la tête, pensive.

Si Ralph, dans le futur, ne comptait pas se justifier à cause de sa fierté, comment pouvait-on fonctionner ensemble ? S'il tenait à être avec moi, il devait faire des efforts, tout comme moi.

— Eh bien, merci pour ça Nathan. Désolée, mais je suis pressée.

— Ruby, avant que tu partes, sache que Ralph fera des erreurs. Il y aura des moments où il gâchera *presque* tout. Mais fais en sorte qu'il ne gâche pas *absolument* tout. Il faudra que tu sois patiente avec lui. Si tu sais d'avance que tu ne pourras pas, alors t'embarque pas dans cette aventure avec lui parce que ça vous blessera plus qu'autre chose.

Je hochai la tête, perdue dans mes pensées à l'idée que Nathan soit venu me dire tout cela si soudainement. Avec un dernier sourire, je lui dis au revoir et me dirigeai vers ma salle. J'eus cours tout l'après-midi et rentrai dans ma chambre aux alentours de 18 heures. Ralph n'était toujours pas revenu. J'enlevai alors mes chaussures et m'allongeai sur mon lit. En jetant un regard vers mon portable, je décidai d'appeler Anna.

— Ruby, répondit-elle rapidement.

— Coucou Anna, tu vas bien ?

— Euh, ouais et toi ? murmura-t-elle.

— Qu'est-ce qu'il y a ?

— J'ai pas trop envie d'en parler.

— T'es chez toi ? lui demandai-je après quelques secondes de réflexion.

— Oui, je viens d'arriver. J'ai pas trop envie de parler là, ça te dit que je t'appelle dans la soirée ?

— Tu veux que je vienne ?

— Je n'ai pas envie de te déranger, Ruby.

— Pas du tout, j'arrive, lui dis-je avant de raccrocher.

J'enfilai mes chaussures et pris mes clés de voiture avant de sortir de ma chambre. Il me fallut quarante-cinq minutes pour me rendre chez Anna à cause des bouchons. Une fois arrivée, je vis un couple entrer et me ruai derrière avant que la porte de l'immeuble ne se ferme. Une fois arrivée devant leur palier, je sonnai et sa mère m'ouvrit.

— Ruby ! Tu vas bien ?

— Et vous, Agnès ?

— Je vais bien. Entre, je t'en prie.

Elle se décala de l'entrée.

— Excusez-moi de vous déranger, je suis venue voir Anna.

— C'est adorable de ta part ! Sais-tu ce qu'elle a, d'ailleurs ? Elle est rentrée du lycée il n'y a même pas une heure, et depuis elle est enfermée dans sa chambre.

— Je sais pas du tout, justement, je viens la voir à ce sujet-là.

— C'est très gentil à toi. Comment va Ralph ?

— Il va bien, il a eu cours toute la journée, il me semble. Je vais aller voir Anna, si vous me le permettez, lui dis-je.

— Ah oui, bien sûr, je t'en prie !

Sur ce, elle me dirigea vers la chambre dont la porte était close et repartit dans le salon. Je toquai brièvement et attendis sa réponse.

— Pas maintenant, maman !

— Et pour Ruby, c'est bon ou pas ? lui demandai-je.

J'entendis des pas se diriger vers la porte qui s'ouvrit à la volée. Elle avait du mascara étalé sous les yeux. Je pensais qu'elle allait me demander de partir, mais elle me fit un énorme câlin. Je la serrai à mon tour tout en lui caressant les cheveux. Je m'avançai avant de fermer la porte derrière moi.

— Qu'est-ce qui s'est passé, Anna ?

— C'est Charlie, murmura-t-elle tout en prenant une grande inspiration. Ce matin, je lui ai sauté dessus par-derrière comme j'ai l'habitude de faire.

— Oui, et… ?

— Et aujourd'hui, dès que je l'ai fait, il m'a immédiatement descendue de son dos et m'a fait la morale comme quoi j'avais pas à lui faire ça sans le prévenir.

— Que pour ça ? Mais Anna, il a juste dû être de mauvaise humeur, c'est tout. Il faut pas en faire tout un…

— Non ! C'est que quand je lui ai sauté dans les bras, il était en train d'envoyer un message à quelqu'un et dès que j'ai vu l'écran de son téléphone, il l'a immédiatement verrouillé. Et depuis ce moment, il m'a à peine adressé la parole et se montre froid et distant.

— Ah. Effectivement, là, c'est différent.

— Je sais pas du tout quoi penser maintenant.

— Tu devrais lui en parler.

— Tu crois ?

— Absolument ! Maintenant même.

— Comment ça maintenant ?

— Bah, appelle-le maintenant ! lui dis-je en récupérant son portable qui était sur le lit.

Nous nous assîmes par terre tandis qu'elle l'appelait.

— Salut Charlie.

Il répondit quelque chose que je n'entendis pas. Je lui murmurai de mettre l'appel en haut-parleur, ce qu'elle fit.

— Non, t'inquiète pas, répondit-elle.

— Non vraiment, j'ai pas voulu être froid, c'était juste que je ne m'étais pas réveillé de bonne humeur et donc voilà, déclara-t-il.

Elle fronça les sourcils.

— D'accord, bah super alors, j'ai eu peur que tu sois fâché contre moi.

— Mais non ma puce, par contre je vais devoir te laisser, j'ai un gros projet à rendre pour demain.

— D'accord, à demain, raccrocha-t-elle.

Je souris en m'attendant à la voir heureuse d'avoir clarifié la situation, mais Anna fronça des sourcils.

— Qu'est-ce qu'il y a ? T'es pas contente ?

— Il me cache un truc, je l'entends dans sa voix.

— T'es sûre ? Tu crois pas que t'en fais un peu trop ?

— Probablement, dit-elle, même si elle n'était pas si convaincue que cela.

— Qu'est-ce qui te ferait plaisir de faire pour te changer les idées ?

— Un film ?

— Tout à fait !

34
Ruby

Nous regardions *Agents presque secrets* lorsque mon portable sonna.

— Ralph ? Tu vas bien ?

— T'es où ? me demanda-t-il d'un ton sec.

Je levai les yeux au ciel face à sa mauvaise humeur.

— Chez toi, pourquoi ? lui répondis-je sur le même ton.

— Comment ça « chez moi » ?

— Chez toi, du genre avec ta sœur et ta mère.

Anna me regarda en fronçant des sourcils et comprit à mon expression faciale qu'il était froid.

— Pourquoi t'es là-bas ?

— Je voulais passer un peu de temps avec Anna vu qu'elle n'est pas trop bien là.

— Comment ça ? répliqua-t-il, maintenant inquiet.

— Je t'expliquerai plus tard. Pourquoi m'as-tu appelée ?

Il hésita un moment avant de me répondre.

— C'était juste pour te dire que je sors ce soir et que je rentrerai tard.

— Tant que tu ne fais pas trop de bruit en rentrant, tu fais ce que tu veux.

J'étais curieuse de savoir avec qui il allait sortir, mais il méritait d'avoir son espace et son indépendance, malgré les rapprochements récents. Cependant, au vu de l'absence de réponse, ce n'était peut-être pas les mots qu'il attendait de moi.

— D'acc, salut.

Il raccrocha. Je ne voulais pas paraître déçue devant Anna étant donné que Ralph était son frère, mais c'était malheureusement le cas.

— Qu'est-ce qu'il t'a dit ? me demanda-t-elle.

— Oh, juste qu'il sortait.

— T'as pas l'air ravie. Je sais que Ralph est mon frère, mais justement, je le connais, lui avec son comportement lunatique.

— Eh bah, je suis pas la seule à le penser dans ce cas-là. On a passé un super week-end tous les deux et puis là d'un coup, il se montre froid. J'ai l'impression que ça va toujours être comme ça.

— Parle-lui-en ! Mon frère a toujours été assez froid avec les gens, mais toi, je sais pas, le fait qu'il soit différent avec toi, même si c'est que par moments, me choque encore. Il le fait pas d'habitude.

— Je sais plus quoi penser. S'il compte refaire un pas en arrière à chaque fois qu'on se rapproche l'un de l'autre, je ne sais pas si je peux continuer.

— Ruby, murmura-t-elle, il est tellement idiot parfois, j'espère qu'il se rendra vite compte à côté de quoi il passe.

Je lui souris en guise de réponse avant de continuer le film. Je trouvais gentil de sa part de pouvoir être là pour moi malgré le fait que nous parlions de son frère. Sa maturité faisait toute la différence. La soirée passa vite et nous finîmes par mettre deux autres films. Anna s'endormit en plein milieu du dernier. Je la couvris à l'aide de la couverture qui reposait près d'elle et me levai doucement du canapé. Sa mère était déjà allée se coucher. Sachant que j'avais cours le lendemain, je devais bien rentrer dormir.

En me dirigeant vers la sortie, je me souvins qu'Anna devait verrouiller la porte derrière moi.

— Anna, réveille-toi. Tu pourrais verrouiller la porte, s'il te plaît ?

Elle se réveilla lentement, même si elle venait à peine de s'assoupir.

— Tu veux pas rester dormir ?

— J'ai cours demain, je vais y aller, je te fais de gros bisous, oublie pas de fermer et puis va te coucher dans ta chambre, lui dis-je près de la porte d'entrée.

Une fois en bas, j'envoyai un message à Ralph, le prévenant que je rentrais au campus et que je n'étais pas morte pour éviter qu'il m'harcèle de messages lorsque je conduisais. Je montais dans ma chambre lorsque mon téléphone sonna.

— Oui ? répondis-je.

— Tu rentres comment ? me demanda Ralph avec une certaine difficulté.

Il semblait avoir bien bu.

— En voiture, pourquoi ?

— Tu n'es pas trop fatiguée ? C'est bien trop dangereux.

— Mais non, et puis toi t'as bu, donc c'est pas mieux, tu comptes rentrer comment ?

— Je sais pas, je me débrouillerai.

— T'es où ?

— Tu comptes venir me chercher, *maman ?*

— Écoute, il est presque minuit, j'ai pas beaucoup dormi, donc je suis pas du tout d'humeur à plaisanter.

Il s'excusa, à mon plus grand étonnement. Il était froid quelques heures plus tôt et maintenant cela, je ne m'étais jamais sentie aussi perdue.

— Tu veux bien venir me chercher ? Je préfère rentrer maintenant.

Malgré le fait que j'hésitai à décliner après une telle journée, je ne pouvais pas le laisser comme ça dehors.

— Envoie-moi l'adresse, lui dis-je finalement.

— Envoyé. Et fais attention en conduisant, dit-il avant de raccrocher.

J'arrivai à l'adresse en une quinzaine de minutes et repérai une énorme maison. Plein de jeunes chahutaient, des verres à la main. Ne voyant Ralph nulle part dehors, je l'appelai. Mais il ne répondit pas à mes appels. Après quelques minutes à attendre, je commençai à m'impatienter et entrai au sein de la demeure. La musique était si forte que je dus me boucher les oreilles le temps de quelques secondes. Des jeunes me bousculaient, trop bourrés pour se rendre compte de ma présence. J'allais dans ce qui me semblait être la cuisine quand je vis Ralph avec un groupe de filles. Elles lui faisaient les yeux doux tout en mettant leur poitrine en avant. En souriant, il dit quelque chose qui les fit rire. Il ne me vit pas avant que j'aille me mettre face à lui.

— Ruby ! s'écria-t-il, heureux de me voir.

— Tu viens ?

— T'es qui toi ? me demanda une des filles.

— Je suis sa coloc, donc il vous dit bonne nuit et adieu, leur répliquai-je alors que Ralph s'avançait vers moi.

Il continua de marcher à mes côtés quand je sortis de la cuisine. Cependant, dans le couloir légèrement illuminé, il m'arrêta par le poignet ; un sourire se forma sur le coin de ses lèvres.

— *Coloc ?* Sérieusement ? Rien de plus ? marmonna-t-il.

— Ralph, tu as bu, donc tu devrais arrêter de parler avant de regretter tes propos.

— Non ! J'en ai marre.

— De quoi exactement ?

— T'agis comme si on était plus que des amis, mais tu dis au monde entier qu'on est amis.

— On *est* qu'amis et je n'agis pas du tout de la sorte, je ne te traite que comme un ami.

— Ah bon ?

Je fronçai les sourcils.

— Où veux-tu en venir ?

— Tu couches avec tous tes amis *?*

— Je commence à regretter cet acte, lui dis-je pour voir sa réaction.

Son expression faciale se glaça immédiatement.

— Non, quoi ? s'exclama-t-il. Tu n'es pas sérieuse ? *Regretter ?* Sérieusement ? J'ai jamais…

— Calme-toi Ralph, j'ai dit ça pour te faire réagir, je ne le pensais pas.

— Ah *putain*, expira-t-il bruyamment. Tu m'as fait peur.

— Ça t'aurait autant gêné que je regrette ?

— Clairement, oui.

— Pourquoi ?

Il sourit instantanément et s'approcha de moi.

— Parce que je ne pourrais plus faire ça, dit-il en collant son corps au mien.

Nos yeux étaient fixés sur nos lèvres, qui elles, se rapprochaient dangereusement. Elles finirent par rentrer en collision et firent un long et langoureux baiser. Il mordit ma lèvre tandis que je cherchais désespérément à l'embrasser plus intensément. Je ressentis un trop-plein d'émotions partout dans mon corps, comme jamais je n'avais ressenti.

J'avais l'impression que j'en avais besoin.

— Et puis quoi d'autre ?

Ses lèvres s'étirèrent pour former un énorme sourire.

— On devra rentrer pour ça, répondit-il.

35
Ruby

Nous reprîmes tous les deux notre respiration après ce qui sembla des heures d'ébats.

— Ralph ?

— Hmm ?

— Qu'est-il arrivé à ton père ? lui demandai-je délicatement.

J'entendis qu'il arrêta soudainement d'inspirer, comme si je venais de lâcher une bombe.

— Si tu ne veux pas en parler, je peux tout à fait comprendre, lui dis-je immédiatement. Je me demande juste ce qu'il s'est passé.

— Il nous a abandonnés quand j'avais 10 ans pour une autre femme.

— Je suis désolée, Ralph.

Je me tournai vers lui pour le regarder.

Je le vis fixer le plafond, les yeux légèrement brillants.

— Ne le sois pas, c'est la meilleure chose qui me soit arrivée, sourit-il tristement.

— Quoi ? Pourquoi tu dis ça ?

Il tourna alors la tête vers moi et j'y vis le regard d'un enfant blessé. Il ouvrit la bouche pour parler, mais la referma pendant quelques secondes de réflexion.

— C'est compliqué, mais… Je pense que s'il était resté, j'aurais jamais su respecter ma mère comme il se doit. Il était violent lorsque je grandissais et je voyais pas la valeur d'une famille. Quand il est parti, j'ai vite compris que je devais être là pour ma mère et ma sœur, et même si ça m'a pas entièrement changé, j'ai quand même appris et grandi.

— Ça n'enlève rien au fait que vous n'auriez pas dû passer par ça, ni toi, ni ta mère, ni ta petite sœur.

— Je sais, mais bon, on peut pas contrôler les choix des autres, seulement les nôtres.

— C'est vrai… Je suis désolée d'entendre ça en tout cas, avouai-je avant que le silence règne dans la chambre.

Je me réveillai en sursaut au bruit de mon alarme et me levai pour l'arrêter. Je me figeai instantanément, sentant la couverture caresser ma peau nue, puis me détendis en me rappelant ce qu'il s'était passé après que nous soyons rentrés.

— Salut beauté, l'entendis-je murmurer contre ma nuque.

Je me retournai afin de lui faire face. Ses cheveux étaient comme je les aimais, aplatis sur son front. Cela lui donnait un air d'enfant on ne peut plus adorable.

— Salut, chuchotai-je.

C'est à ce moment précis que je me suis rendu compte que je m'étais attachée à lui. Son sourire illuminait ma journée et un simple bonjour de sa part me faisait ressentir une sensation que je n'avais jamais éprouvée avant. Cela faisait plusieurs semaines que je voyais le bon qui était en lui. Celui qu'il essayait de cacher aux autres. Celui qui s'inquiétait pour sa petite sœur. Celui qui avait du cœur. Celui que j'appréciais. Je prenais d'énormes risques en m'attachant à lui, mais que serait la vie si nous refusions tout attachement à tout être humain ? Cependant, je ne voulais pas risquer d'être blessée à chaque fois qu'il aurait un changement d'humeur à mon égard, mais je ne voyais pas d'issue à ce problème à part qu'il travaille dessus avec le temps.

— Bon, on devrait se lever, décida-t-il soudainement.

Son ton avait changé. J'avais un mauvais pressentiment, c'était comme avant, quand il changeait soudainement d'attitude envers moi et qu'il devenait distant.

— On devra parler après, s'il te plaît, lui prévins-je.

Il jeta un regard inquiet vers moi.

— Tout va bien ?

— Oui oui, lui souris-je pour le rassurer.

Au fond, je n'étais pas aussi rassurée que ça. Même si j'étais contente de travailler sur ses sautes d'humeur, cela ne pouvait pas apparaître de nulle part à chaque fois qu'il le sentait. Nous venions de passer une superbe soirée. Il ne pouvait pas jouer avec moi. Et j'avais décidé de faire quelque chose à propos de cela.

Nous passâmes tous les deux nos journées séparément, mais nous étions donné rendez-vous au Starbucks pour 15 heures. Je l'appelai pour la quinzième fois. Pas de réponse.

15 h 43, j'étais encore assise là à espérer qu'il vienne en s'excusant du retard à cause d'un devoir qui a duré plus longtemps que prévu ou parce qu'il y avait des bouchons.

16 h 04, je sortis du Starbucks, ahurie. Comment pouvait-il me poser un lapin de la sorte ? Il m'avait pourtant répondu « Va pour 15 heures », il ne pouvait pas avoir oublié en à peine trois heures. Des larmes me brûlèrent les yeux alors que je montais dans ma voiture, garée non loin. J'étais plus que déçue. Je m'attendais à ce que nous puissions être un vrai… couple. Il m'avait dit qu'il tenait à moi et même sa mère et sa sœur m'avaient dit qu'il était différent lorsque nous étions ensemble, mais il s'était moqué de nous trois, et de moi plus que quiconque. S'il ne prenait pas au sérieux le fait que nous devions parler, je me demandais s'il prenait toute notre relation au sérieux.

Sans perdre de temps, essayant de sécher mes larmes, je rentrai au campus afin de me concentrer sur mon travail.

— On va fermer, dit le bibliothécaire, quelques heures plus tard.

Sur ce, les deux élèves qui restaient se levèrent et s'en allèrent. Je regardai l'heure et remarquai qu'il était déjà 23 heures alors que je n'avais toujours pas fini.

Espérant ne pas devoir parler à Ralph, je voulus me faire toute petite en rentrant dans la chambre. J'essayai d'ouvrir la porte, mais elle était fermée, ce qui était inhabituel, car elle n'était jamais verrouillée quand il se trouvait à l'intérieur. Je sortis ma clé et en ouvrant la porte, je remarquai que les lumières étaient éteintes. J'avais peur de le réveiller, mais il fallait bien que je puisse arriver jusqu'à mon bureau sans trébucher sur ma valise ou autre chose.

Alors que je mis la lumière, je ne vis personne. Son lit était exactement comme ce matin. Ses affaires étaient là, et pourtant, aucun signe de lui.

Cela ne lui ressemblait pas.

Mais qu'est-ce que j'en savais de toute façon, je ne le connaissais peut-être pas, il faisait peut-être semblant depuis le début.

À cette pensée douloureuse, je me remis à travailler afin d'éviter de ressasser. Quatre heures plus tard, alors que je finalisais mon devoir, j'entendis la poignée être manipulée. Je tournai la tête et vis Ralph apparaître de nulle part. Il portait les habits de ce matin, son téléphone dans une main et une couverture dans l'autre. Il avait un regard fatigué et un teint assez pâle.

— Qu'est-ce que tu fais toujours réveillée à cette heure-ci ?

Étant donné que j'étais fatiguée et surtout énervée d'avoir passé une heure à l'attendre cet après-midi, je décidai de ne pas lui répondre et de continuer à travailler.

— Je t'ai posé une question, Ruby, insista-t-il.

— Et moi, je t'ai attendu pendant une heure.

J'espérais intérieurement qu'il me dise qu'il avait été retenu ou qu'il n'avait pas pu venir à cause de quelque chose de grave.

— J'avais pas très envie de venir, finit-il par répondre.

J'eus mal à l'entente de ses propos.

— Tu ne pouvais pas répondre à mes appels et me dire que tu ne viendrais pas ? Ou dans un premier temps ne pas m'avoir dit qu'on était bon pour 15 heures ?

— J'avais pas mon portable sur moi, déclara-t-il comme si de rien n'était.

Je brûlai de rage face à son expression impassible. C'est là que je me suis rendu compte qu'il n'en avait absolument rien à faire de ce que je ressentais.

Mais quelle conne j'avais été.

— Pourquoi avoir perdu tout ce temps à mes côtés et prétendre m'apprécier ?

— Je n'ai jamais prétendu t'apprécier, c'est juste que là j'avais pas envie de voir quelqu'un.

J'eus un pincement au cœur tandis que je le voyais prendre un jogging et un t-shirt.

— Donc je dois m'ajuster aux envies de monsieur ? Quand il ne veut pas me voir, je suis supposée rester dans mon coin et quand il en a envie, je dois être à sa disponibilité ?

— Je vais aller me changer, dit-il en ignorant ma question, avant de sortir de la chambre.

Je réfléchis deux secondes avant de me lever de la chaise et prendre mon sac qui traînait par terre. J'y mis mon ordinateur, mon portable, quelques habits, mon portefeuille ainsi que mes clés de voiture. J'enfilai mes chaussures, mis ma veste et sortis en prenant mon sac. Je courus dans le couloir afin d'éviter que Ralph me voie. J'arrivai dans le parking, montai dans ma voiture et sortis du campus. Je conduisais en direction de l'autoroute quand mon portable sonna.

Sachant de qui provenait l'appel, je le refusai et envoyai un message à ma cousine.

Tu dors ?

Bien sûr qu'elle dormait. Je continuai de conduire sans savoir où j'allais. Des larmes coulèrent le long de mes joues alors que je me sentais trahie et jouée. Il se fichait de mes sentiments. Tout ce qu'il l'importait était ce qu'il ressentait.

Ralph essaya alors de m'appeler une deuxième fois et, curieuse d'entendre ce qu'il avait à dire, je décrochai.

— Rentre, Ruby.

— Non, répondis-je après un long moment de silence.

— C'est dangereux de conduire la nuit.

— Si tu n'étais pas un connard, je n'aurais même pas eu besoin de prendre le volant.

— Déjà, arrête-toi quelque part pour me parler au téléphone.

— Je n'ai pas envie de te parler.

— C'est faux, parce que si tu n'avais pas envie de me parler, tu n'aurais pas répondu dans un premier temps.

J'inspirai bruyamment. Il m'énervait.

— Écoute, Ruby, j'ai juste passé une sale journée, d'accord ? Et si je ne t'appréciais pas, je t'aurais insultée comme je l'ai fait avec les autres pour qu'ils me laissent en paix aujourd'hui, mais je ne l'ai pas fait parce que t'es pas eux et je ne me permettrais pas de te perdre. Tu te fais un film, je suis toujours là, j'ai juste pas voulu voir grand monde aujourd'hui.

Il avait dû se passer quelque chose de grave pour que Ralph repousse tout le monde aujourd'hui. En y repensant une deuxième puis une troisième fois, j'en arrivai à la conclusion qu'il avait peut-être raison. Je m'étais emballée trop vite. J'avais sauté aux conclusions trop hâtivement.

— Qu'est-ce qu'il s'est passé ? lui demandai-je alors que je cherchais un endroit pour faire demi-tour afin de rentrer.

— J'ai pas envie d'en parler.

J'avisai l'entrée d'un garage de l'autre côté de la route. M'assurant qu'aucune voiture n'arrivait des deux sens, je la coupai.

— Ralph, je me suis énormément ouverte à toi ces derniers temps, je pense qu'il est temps que tu me rendes…

Je m'arrêtai en voyant d'énormes phares de camion à ma droite et alors que j'allais tourner les roues, je sentis la violence de la collision.

Et ce fut le vide.

36
Ruby

Je tentai désespérément d'ouvrir les yeux, mais mes paupières étaient terriblement lourdes. J'avais horriblement mal à la tête et j'essayai de lever ma main afin de me masser la tempe, mais cette dernière ne fit même pas le quart du geste qu'elle retomba mollement le long de mon corps. Je regardai autour de moi, espérant vainement voir quelqu'un. La pièce était blanche. C'était une chambre d'hôpital. Je repensai aux événements et la seule chose dont je me souvenais après le crash, c'était un docteur m'examinant avec une lumière jaunâtre, mais je n'avais pas eu assez de force pour me réveiller. J'essayai de bouger les membres de mon corps, mais j'avais mal partout, la douleur s'ajoutant à leur engourdissement. Il faisait tout noir dehors.

J'essayai de réfléchir à quel moment de la journée on était quand je vis la porte s'ouvrir. Un médecin entra, suivi de Ralph. Ce dernier semblait fatigué, d'énormes cernes sous ses yeux en témoignaient. Il était vêtu d'un pull épais et d'un jogging tandis que ses cheveux n'étaient pas coiffés. Cela ne lui ressemblait pas du tout. Tous deux étaient en plein milieu d'une conversation lorsque Ralph me regarda puis se rua vers moi.

— Ruby ! T'es réveillée, j'arrive pas à le croire ! Tu vas bien ? Tu te sens comment ? On ne savait pas quand tu irais mieux, me dit-il, ses yeux remplis de larmes.

Je ressentis un choc en voyant Ralph dans un tel état. Je ne comprenais pas ce qu'il m'était arrivé et étais prise de panique.

— Mademoiselle Lenoir, calmez-vous, tout va bien, me rassura le docteur. Vos proches sont ici, vous allez vous en sortir.

Ralph se mit à me caresser les cheveux. En reposant mon regard sur lui, je vis qu'il sanglotait.

— Ralph, arrête. Tu m'inquiètes. Qu'est-ce qu'il s'est passé ? demandai-je au docteur, voyant que Ralph n'était pas dans un état de parler.

Le docteur, un brun d'une quarantaine d'années, à bonne allure, s'approcha de moi en souriant.

— Comment vous sentez-vous, mademoiselle Lenoir ?

— Ruby. Appelez-moi Ruby.

Après qu'il eut hoché la tête, je lui expliquai comme quoi j'avais extrêmement mal partout et que j'avais un mal de crâne pas possible.

— Effectivement, me répondit-il. Rester inconsciente plusieurs jours n'est pas sans conséquence.

— Pardon ? Mais on est bien mercredi ?

— Non, on est vendredi.

— Mais comment ai-je pu rester inconsciente aussi longtemps ? Ce n'était qu'un petit croisement de rien du tout, je...

Le regard du docteur m'arrêta net.

— Ce n'était pas un petit croisement, le choc a été extrêmement brutal. Heureusement que votre voiture allemande était bien solide, parce que je n'ose même pas penser l'état dans lequel vous auriez été si vous aviez conduit une voiture avec une carrosserie moins épaisse.

— Le conducteur va bien ? m'exclamai-je d'un coup.

— Quel conducteur ? me demandèrent Ralph et le docteur.

— Le conducteur du camion !

Je sentis mon cœur battre de plus en plus vite.

Je ne me permettrais pas d'avoir un blessé sur la conscience.

— Mais, Ruby, arrête de penser aux autres, merde ! cria Ralph. Il n'a rien ce mec, il était dans son camion et il utilisait son téléphone. Ce mec est une pourriture et je n'arrive pas à croire que tu penses à son bien alors que c'est toi qui as été dans ce foutu lit d'hôpital ces trois derniers jours.

Sur ce, il sortit de la chambre tout en s'excusant auprès du docteur. Celui-ci s'approcha de moi et une fois Ralph parti, il me dit que ce dernier avait passé les jours précédents auprès de moi.

— Il était inquiet comme tout, il me demandait toutes les heures s'il y avait des améliorations ou quand vous alliez vous réveiller. Il a à peine dormi, donc je pense que sa colère est tout simplement due à l'inquiétude et à la fatigue.

— Oui, vous avez probablement raison. Quand est-ce que je pourrai sortir d'ici ?

— Vous avez d'importantes blessures sur le côté droit de votre corps ainsi que de légères sur la partie gauche. Vous avez été incroyablement chanceuse de vous en tirer sans bras ou jambe cassée, rares sont ceux qui survivent aussi indemnes que vous à un accident pareil. D'ailleurs, pendant mes examens, je n'ai pu m'empêcher de remarquer des cicatrices sur votre corps. Des blessures qui ont cicatrisé depuis quelques années. Vous savez qu'on a des psychologues qui s'occupent des victimes de coups et de maltraitance.

— Oui je sais, merci, mais je vais m'en passer, répondis-je froidement. En revanche, euh, j'aimerais bien aller aux toilettes, s'il vous plaît.

— Oui, bien sûr, j'ai placé une sonde, mais je vais vous l'enlever. Je ferai au plus vite, essaya-t-il de me rassurer.

À la seconde où il a enlevé la sonde, j'eus l'impression qu'il avait retiré un éléphant de mon corps. J'avais le soudain sentiment de revivre. Il m'aida à me relever tout doucement. J'avais énormément mal, mais l'envie pressante me motiva à combattre ces douleurs. Il me fit tenir le bâton où était attachée ma poche d'eau oxygénée, et me fit rentrer dans les toilettes. Avant de me quitter, il précisa que s'il y avait un problème, j'avais juste à appuyer sur le bouton rouge à l'intérieur des toilettes pour qu'il vienne me voir.

Je le remerciai avant qu'il sorte de ma chambre. Après avoir soulagé ma vessie, je me retrouvai à me laver les mains devant un miroir. Tout en les séchant, je me regardai dans la glace. J'avais le teint pâle, les lèvres déshydratées et les yeux creux. En soulevant cette robe blanche d'hôpital, je vis qu'ils m'avaient mis une culotte large, très inconfortable. En soulevant mon habit plus haut malgré mes douleurs, je vis des hématomes sur tout le côté droit de mon corps. C'était ahurissant comme mon corps était couvert de bleus… comme avant. Mon bras avait des cicatrices profondes, comme si de petits morceaux de verre m'avaient coupée.

En reculant, je vis l'état atroce de mes jambes et en eus même les larmes aux yeux. Ce n'était pas qu'un petit accident. Elles étaient remplies de coupures et de bleus. Au bout de quelques minutes, je commençai à faiblir.

J'entendis la porte de ma chambre s'ouvrir.

— Ruby ?

J'ouvris la porte de la salle de bain et vis Ralph.

— Tu devrais rentrer te reposer, Ralph.

— Et te laisser ici dans cet état-là ? Hors de question.

En voyant que j'allais tomber, il s'approcha rapidement et me tint le coude. Il me fit mettre mon bras autour de son épaule.

— Appuie-toi sur moi, Ruby.

— Mais c'est ce que je fais, je ne sens même plus mes pieds sur le sol.

Une fois installée dans le lit, il voulut aller chercher une infirmière pour m'apporter un repas, mais je réussis à l'en dissuader.

— Mais il faut que tu manges, que tu reprennes tes forces.

— Oui, mais pas maintenant, et puis je n'ai pas envie que tu repartes.

— Non, je reste à présent.

Après avoir dégluti, il continua.

— Je reste et je ne repartirai plus, je te le promets. Je suis tellement désolé Ruby, j'ai pas voulu que tout ça arrive. Je foire toujours tout et…

— Arrête Ralph. Ce n'est pas ta faute. Si c'est pour ça que tu es dans cet état-là, il ne le faut pas.

— Si je n'avais pas agi comme un con mardi soir, tu ne serais pas là.

— Ce n'est pas ta faute, lui répétai-je alors qu'il vint se réfugier dans mes bras.

37
Ruby

J'ouvris mon sac et en sortis toute sa contenance : trousse de toilette et habits. Ralph m'aida à mettre mes vêtements à laver avant de me proposer de sortir.

— Je ne sais pas si j'en ai la force ou l'envie.

— Je sais que tu en as la force, Ruby, et il faut que tu sortes un peu, je serai avec toi de toute façon, ne t'inquiète pas.

— Très bien alors, je vais vite aller me doucher avant de partir, lui souris-je.

— Prends tout ton temps, me sourit-il à son tour.

Il n'y avait personne dans les couloirs, ils devaient tous être dehors comme nous étions dimanche et que le temps était extrêmement beau. Une fois entrée dans la vieille douche du campus, je pensais à tout ce qu'il s'était passé depuis vendredi. Je n'avais pas prévenu ma cousine ni sa famille, ayant trop peur qu'ils s'inquiètent, mais mes parents avaient été prévenus par les pompiers dès qu'ils m'avaient prise en charge et étaient arrivés à Paris le lendemain matin. Ils avaient fait la connaissance de Ralph dans les circonstances les plus bizarres, mais au moins, ils s'entendaient bien. Ils avaient eu une peur bleue, mais ils m'avaient dit que Ralph leur donnait de mes nouvelles chaque heure jusqu'à leur arrivée à l'hôpital. J'étais heureuse de n'avoir eu que ces trois personnes à mes côtés. Je n'aurais pas voulu voir plus de monde, à part Rachel peut-être, mais je n'avais pas voulu l'inquiéter. Une soudaine douleur dans les côtes me sortit de mes pensées. Je les avais appuyées un peu trop fort sans m'en rendre compte.

Je sortis rapidement de la douche, m'entourai de ma serviette et rejoignis la chambre.

— Tout va bien ?

— Oui, il faut que j'aille m'acheter un nouveau portable pour contacter mes proches.

Mon téléphone avait fini en morceaux mais j'avais fait une sauvegarde des données un mois auparavant, donc je n'avais pas perdu beaucoup de choses.

— En revanche, Rachel m'a appelé, me dit-il.

— Pardon ? sursautai-je. Comment a-t-elle eu ton numéro ?

— Elle m'a expliqué qu'elle avait ton identifiant et ton mot de passe iCloud, et qu'elle m'a retrouvé dans les contacts synchronisés.

Je ne pus m'empêcher de rire à l'idée que cela sonnait comme ma Rachel.

— Mais pourquoi t'a-t-elle appelé ?

— Elle m'a dit qu'elle arrivait plus à te joindre et que vous vous envoyiez des messages tous les jours, donc elle était dans un de ces états…

— Comment ça ? le coupai-je.

— Elle avait eu extrêmement peur qu'il te soit arrivé quelque chose.

— Et tu le lui as dit ?

— Oui Ruby, je suis désolé si tu ne le voulais pas, mais je savais pas quoi…

— Ralph, le calmai-je. Tu as eu parfaitement raison de lui dire, je lui dis absolument tout et elle a le droit de le savoir. Je ne voulais pas l'inquiéter, mais si elle s'en est rendu compte, c'est mieux qu'elle soit au courant.

Je vis qu'il fut rassuré.

— Et je peux lui parler ?

— Je l'ai contactée plus tôt dans la journée et elle m'a dit qu'elle t'appellera ce soir parce qu'elle était occupée aujourd'hui.

Je trouvais ça étrange étant donné que Rachel n'était jamais trop occupée pour m'appeler, surtout quand j'en avais besoin.

— Bon, tu te prépares ?

Je plissai les yeux.

— Ah oui, hum, ça te gênerait de m'aider un peu ?

— Mais pas du tout Ruby, dis-moi, tu veux mettre quoi aujourd'hui ?

Il ouvrit mon armoire.

Je lui pointai du doigt un haut noir à manches longues ainsi qu'un pantalon ample noir. J'enlevai ma serviette, lui dévoilant mes cicatrices.

— Désolée que tu aies à voir ça, lui dis-je alors qu'il m'aidait à enfiler mon haut.

— Ruby. Arrête. Je suis là pour t'aider à surmonter tout ça et voir ça, c'est rien, quoique ça me fait bizarre.

— Si c'est bizarre de voir tous mes bleus, tu peux…

Il commença à rire en m'expliquant que c'était bizarre de me voir avec des sous-vêtements aussi simples.

— Tu pensais que c'était bizarre pour moi de te voir dans cet état avec ces blessures ? Oui, c'est vrai, j'ai mal, je me dis que c'est à cause de moi, mais je serai toujours là et ceci ne changera rien à ce que je ressens pour toi, me dit-il d'un trait en fronçant des sourcils.

Il m'aida à mettre mon bas, ainsi que mes bottines. Je pris mon petit sac contenant mes papiers et nous sortîmes de la chambre. Étant donné que j'étais encore trop traumatisée par l'accident, nous prîmes les transports en commun pour nous déplacer. Mes parents m'avaient proposé de racheter une voiture, étant donné que la mienne était partie à la fourrière, mais je n'étais pas pressée de reconduire. L'assurance m'avait indiqué que l'usage du téléphone par le chauffeur du camion ayant été reconnu, ils allaient me reverser le coût de mon véhicule et la compensation de mon séjour à l'hôpital.

Une fois dans la station de métro, je lui demandai où nous allions, étant donné qu'il semblait avoir une idée précise derrière la tête.

— Tu verras, me sourit-il.

Il m'amena jusqu'à chez lui. Je pensai directement à Anna.

— Elle est au courant ?

— Qui ça ? Anna ?

— Oui.

— Oui, elle le sait et elle a voulu venir à l'hôpital, mais je l'en ai empêchée parce que t'étais fatiguée et qu'elle aurait fait que sauter partout et te faire beaucoup de câlins.

Cette pensée me fit sourire. Mon affection pour Anna avait été si soudaine, mais importante. Nous montâmes les escaliers et en ouvrant la porte, familière à présent, je vis une dizaine de personnes crier « Surprise ! »

— Ruby ! cria Anna en courant vers moi.

Heureusement pour moi, elle se contint et me serra très doucement dans ses bras. Elle me harcela de questions alors que j'essayais de comprendre ce qui se passait.

— Oui Anna, je vais bien maintenant, regarde comme tu es jolie, lui dis-je à la vue de sa longue robe.

— Et toi alors ! En revanche, il faut que tu reprennes des forces et des vitamines, hein. Ralph va te faire manger comme pas possible.

— C'est déjà le cas depuis vendredi, ris-je.

Elle s'écarta de moi et me laissa voir qui il y avait. Je n'eus pas le temps de sourire à Agnès que j'entendis mes parents m'appeler. Je leur fis une énorme étreinte et les remerciai pour leur soutien ces derniers jours.

— Ruby, arrête de nous remercier, c'est tout à fait normal que l'on s'occupe de notre fille chérie.

— Il faut remercier Ralph d'ailleurs, il a organisé tout ceci pour toi et a insisté pour que nous venions.

Je me retournai vers lui les larmes aux yeux et lui chuchotai « merci ». Il s'approcha de moi et me chuchota en retour :

— Ce n'est rien.

Je dis bonjour à Agnès, Nathan et Charlotte. Ils faisaient que parler en même temps, ce qui me fit rire, car je ne comprenais rien à ce que chacun voulait dire. Au bout de quelques secondes, quelqu'un me fit un câlin par-derrière et je reconnus immédiatement le parfum. Ema était en pleurs et je ne pus m'empêcher de me sentir émue.

— Ruby, j'ai eu tellement peur quand Ralph m'a raconté hier.

— Je suis désolée ma puce, je ne voulais pas t'inquiéter.

— Je sais, je sais, mais je suis tellement contente que tu ailles bien à présent.

Nous passâmes beaucoup de temps à papoter et je la présentai à tous mes amis. Elle semblait très bien s'entendre avec Anna et Charlotte. L'après-midi se passait à merveille. Mes parents parlaient à Agnès. Nathan avait dû partir, mais il m'avait donné une carte me souhaitant bon rétablissement, ce qui me toucha très particulièrement. Je papotais avec tout le monde lorsque j'entendis toquer à la porte. Tous tournèrent la tête vers moi et me sourirent.

— Je crois qu'il y a une dernière personne pour toi, me dit Ralph.

Je fronçai les sourcils, sentant les battements de mon cœur s'accélérer. Je me levai lentement du canapé alors que Ralph allait ouvrir la porte. Il sourit et se décala pour laisser la personne entrer. Quand je reconnus son visage, je me figeai instantanément.

— Hé, dit-elle en souriant, les larmes aux yeux.

Je m'approchai doucement et une fois près d'elle, je levai ma main droite pour savoir si ce n'était que mon imagination ou si c'était vraiment elle. Quand ma main entra en contact avec sa joue, je me mis à sangloter dans ses bras. Je ne pouvais plus m'arrêter. Je pleurais encore et encore. J'entendis un bruit. Elle pleurait aussi fort que moi. L'avoir si près de moi, après une semaine si épuisante, me fit prendre conscience à quel point elle m'avait manqué.

— R-Rachel… chuchotai-je à ma meilleure amie.

— Ruby, sourit-elle malgré les larmes qui coulaient.

Je la présentai aux personnes présentes, sauf à ma famille et à Ema qu'elle avait déjà rencontrée lors de mon dix-huitième anniversaire. Charlotte, Anna, Ema et Rachel formèrent un petit groupe qui ne faisait que rire. Je savais que ces filles allaient s'adorer.

38
Ruby

Je refermai la porte derrière moi quand je vis que Ralph se changeait.

— Désolée de passer comme ça, je dois juste me changer avant d'aller rejoindre Anna, lui dis-je en posant mon sac par terre à l'entrée.

— Combien de fois faut-il que je te le dise, Ruby ? Tu n'as pas besoin de t'excuser, me sourit-il.

Je lui souris en retour tout en me disant qu'il fallait bien que je m'habitue. En m'asseyant sur mon lit afin de décider quoi porter, je repensai aux semaines qui venaient de passer à la suite de l'accident. Ma relation avec Ralph avait pris un tournant si différent. Nous ne nous étions pas disputés depuis l'accident. Je lui en avais beaucoup voulu de ne pas m'avoir confié qu'il ne répondait pas au téléphone car Nathan avait fait une crise d'épilepsie et avait été hospitalisé ce jour-là. Il s'était senti coupable de ne pas me l'avoir dit directement, il ne faisait que répéter que l'accident ne serait pas arrivé, mais je ne faisais que lui dire sans cesse que ce n'était pas lui, je n'avais juste pas fait attention, même si ce chauffeur aurait dû être plus vigilant. J'espérais qu'avec le temps, sa culpabilité diminuerait. Entre-temps, il se montrait vraiment attentionné, j'étais extrêmement touchée qu'il fasse des efforts pour stabiliser ses émotions. Lorsqu'il sentait que ses émotions changeaient, il cessait de parler durant quelques minutes ou quelques heures, ce qui ne m'impactait pas comme auparavant.

Il me tira hors de mes pensées.

— Ruby ?

— Oui, désolée, tu disais ?

— Je te disais de ne pas trop raffoler de pop-corn ce soir.

— Effectivement, ris-je.

— Ruby, si tu savais à quel point je suis heureux de te revoir.

Il s'assit près de moi et m'enlaça.

— Tu reviens à quelle heure ?

— Normalement aux alentours de 21 heures, je pense.

— Tu penses que je peux venir avec toi ?

— Mais bien sûr Ralph, et puis c'est chez toi !

— Je sais, mais ça te dérange vraiment pas que j'y aille quand tu y vas ? Sinon je peux y aller demain…

— Mais non, voyons ! T'as juste intérêt à être prêt à sortir dans cinq minutes, lui dis-je en changeant ma tenue.

— C'est plutôt toi qui devras être prête vu qu'on y va avec ma voiture.

— En parlant de ça, je cherche à acheter une voiture, mes parents m'ont aidée dans ma recherche. Idéalement, je vais acheter à Paris, ça sera beaucoup plus simple.

Il me regarda avec incertitude et inquiétude.

— T'es sûre d'être prête pour conduire ?

— Franchement, Ralph, je sais pas. Mais je vais commencer à regarder pour une voiture, on ne sait jamais.

— Très bien, mais ne prends aucune décision à la hâte, s'il te plaît.

— Ne t'inquiète pas, voyons.

Je lui fis un bisou sur la joue avant de mettre mes chaussures.

Il sortit de la chambre et m'attendit en retenant la porte ouverte. Un couple passa dans le couloir en riant, j'eus un pincement au cœur alors que Ralph me regarda en souriant. Nous nous étions embrassés depuis l'accident, nous agissions tel un couple, mais nous n'avions rien officialisé. Après tout, était-ce important ?

Nous arrivâmes chez sa mère et Anna m'ouvrit la porte avec tant de hâte qu'elle ne remarqua même pas la présence de Ralph lorsqu'elle se mit sur le palier.

— Ça fait si longtemps !

— Anna, ça fait deux semaines, lui dit Ralph.

— Je sais, mais c'était deux semaines de trop.

Elle allait revenir dans l'appartement quand elle s'arrêta net. Elle opéra un demi-tour et écarquilla les yeux.

— Mais Ralph, qu'est-ce que tu fais ici ?

— Je suis juste venu à la maison pour voir maman et traîner dans ma chambre.

— Je vois, dit-elle en refermant la porte derrière elle. Maman ! Il y a Ralph et Ruby !

— J'arrive, s'exclama Agnès de ce qui semblait être la cuisine.

— Tu veux boire quelque chose ? me demanda Anna en réunissant ses cheveux en un chignon vite fait.

— Non merci, ça ira.

Sur ce, nous allâmes dans sa chambre afin de papoter comme d'habitude. Elle commença par me parler de trucs de filles, puis d'amies, de shopping et de séries. Entre-temps, Agnès nous avait préparé des choses à grignoter. Elle me parla aussi de ses petites aventures avec Charlie avant de me demander des conseils.

— Eh bien, tu as eu seize ans le mois passé et je ne sais pas si ton frère serait d'accord avec le fait que je te donne des conseils sur ce que tu fais avec ton petit ami. Je peux juste te dire de te protéger et de faire attention qu'il ne profite pas de toi.

— Merci beaucoup, Ruby.

— Je t'en prie. De toute façon, je ne t'ai pas donné de conseils, si ? Je ne m'en rappelle pourtant pas, lui dis-je en riant.

À ce moment-là, la porte s'ouvrit sur Ralph.

— Toquer, ça existe hein, dîmes-nous en chœur.

— Désolée, mais Ruby, il est 22 heures et je pense qu'on devrait rentrer.

— Déjà ? écarquillai-je des yeux.

— Oui.

— Eh bien, j'arrive dans cinq minutes.

— Prends tout ton temps, je serai dans le salon, annonça-t-il avant de fermer la porte.

Je tournai la tête vers Anna qui me fixait d'une drôle de façon.

— Je crois que ça l'a vraiment touché, ce qu'il t'est arrivé.

— Tu penses ?

— À en juger par le fait que pas une seule seconde il n'a pu être froid avec toi, ou même en général, oui. Il s'est beaucoup calmé et on ressent la différence quand t'es autour de lui.

— Je ne sais pas trop quoi dire.

— Juste que tu ne lui feras jamais volontairement du mal, même si je sais que ce ne sera pas le cas. Il tient vraiment à toi.

Je me levai de son lit et lui fis la bise.

— Prends bien soin de toi, Anna.

— Toi aussi Ruby, me dit-elle avant que je ne referme la porte derrière moi.

Je rejoignis Ralph qui était dans le salon en train de discuter avec sa mère. Dès qu'ils virent ma présence, ils se turent.

— T'es prête ?

Je hochai la tête avant de faire la bise à Agnès.

— Tu es libre de revenir quand tu veux, tu le sais ça, hein.

— Oui, oui, c'est extrêmement gentil de votre part.

Après quelques échanges, nous sortîmes et regagnâmes sa voiture. Le retour se fit dans un silence absolu. Il me lança quelques regards par moments pendant que j'admirais sa mâchoire parfaitement tracée et ses cheveux blonds coiffés en hauteur. Quelques-unes de ses mèches retombaient sur le côté. Ce fut là que je me rendis compte que je n'étais plus en train de tomber amoureuse : j'étais déjà folle amoureuse de Ralph.

Une fois arrivés dans la chambre, je n'eus même pas le temps d'enlever mes chaussures que nous mîmes fin à la tension qui régnait entre nous.

39
Ruby

Mon téléphone s'illumina à la venue d'une notification. C'était seulement une application pour séries qui m'informait qu'un épisode de ma série préférée avait été diffusé. Je regardai rapidement l'heure avant que l'écran ne devienne noir : 3 h 56. Je tournai la tête vers Ralph pour le voir me sourire.

— Qu'y a-t-il ? lui demandai-je.

— Tu me demandes pourquoi je souris en ce moment ? Vraiment ?

— Eh bien oui, Ralph.

— Ruby, je suis un mec comblé. J'ai jamais pensé ressentir ça un jour. Regarde-moi. Je suis allongé sur un lit à côté de la fille la plus jolie, la plus attentionnée et la plus intelligente. Que demander de plus ?

Mon cœur fondit. Je me mordis la lèvre et lui souris. En reposant ma tête sur l'oreiller, je regardai le plafond en repensant à cette folle aventure.

— Bonne nuit, Ruby.

— Bonne nuit, mon cœur.

Je me tournai vers lui avant de tomber dans les bras de Morphée.

Le matin arriva rapidement. Mon alarme sonna et je restai au lit le temps d'une heure, pour recharger mes batteries. Je pensais à ce que Ralph m'avait dit tout à l'heure, sur le fait qu'il était comblé de m'avoir à ses côtés et l'aisance que nous avions développée l'un envers l'autre.

— Bonjour beauté, l'entendis-je dire à côté de moi d'une voix rauque et endormie.

Je tournai la tête afin de le regarder.

— Bonjour toi.

— Tu n'as pas beaucoup dormi, non ?

— Comment le sais-tu ?

— Ruby, ça se voit à tes cernes. Tu vas être crevée, tu devrais rester dormir.

— Eh bien, écoute, j'irai en cours puis je rentrerai dormir quatorze heures d'affilée jusqu'à demain midi.

— Mais moi alors ?

— Tu pourras dormir avec moi !

— C'est ce qu'on dit tous.

Je vis un sourire naître sur le coin de ses lèvres.

Je me levai du lit et enfilai un des t-shirts de pyjama que j'avais volés à mon père pendant les vacances.

— Il est nouveau ce t-shirt, remarqua Ralph.

— Il est surtout à mon père.

— Ah. Je vois.

— Bon, je vais aller me préparer, donc on se verra ce soir si on ne se voit pas entre-temps ?

— On mange ensemble ?

— Euh… désolée, j'ai prévu de manger avec Charlotte aujourd'hui.

— C'est pas grave, on se verra ce soir alors.

Il s'approcha et me donna un long baiser.

— Passe une bonne journée, me dit-il avant de sortir.

Plusieurs heures plus tard, je rentrai des cours et posai mon sac par terre avant de me jeter sur mon lit. Je ne pouvais m'empêcher de penser à Ralph. Lui et moi, c'était bien réel maintenant. Alors que je réfléchissais, j'entendis mon portable sonner. Et comme par hasard, il m'appelait.

— Ruby ?

— Oui ?

— Nathan nous invite à aller au bar du coin, c'est lui qui paie les tournées, m'annonça-t-il, enthousiaste.

— Dis-lui que c'est gentil de sa part, mais que je compte me reposer, répondis-je après quelques secondes.

— Mais il est à peine 18 h 30, dit-il, déçu.

— Mais moi j'ai l'impression qu'il est 3 heures et que je devrais dormir, Ralph.

— Bah, je te rejoins alors.

— Non, non, vas-y ! Amuse-toi.

— Mais non Ruby, j'ai pas envie de te laisser seule.

— Mais non, c'est rien Ralph, je vais dormir ou bouquiner.

— Eh bien, on fera ça ensemble.

— Mais non, c'est complètement idiot ! On est vendredi soir, va t'amuser avec tes amis !

— T'es sûre que ça ne te gêne pas que j'y aille sans toi ?

— Mais Ralph, voyons, absolument pas, éclate-toi. En aucun cas je ne te priverai de sortir voir tes amis !

J'avais, au fond, peur qu'il fasse quelque chose qui irait à mon encontre, mais après tout, je me disais que s'il avait eu l'envie d'être officiellement avec moi, c'était parce qu'il tenait vraiment à moi.

— T'es sûre, Ruby ? Dis-moi même si t'hésites un tout petit peu que j'y aille, honnêtement.

— Ralph, je ne veux pas être cette copine qui empêche son copain de s'amuser avec sa bande, donc vas-y, éclate-toi.

— Oh putain que je t'aime toi, me dit-il sans prévenir.

Mon cœur manqua un battement. Que venait-il de dire ?

— Euh… désolé, c'est sorti comme ça, enfin dans le sens où tout le monde le sort et…

— Oui, oui, ne t'inquiète pas, Ralph, lui souris-je.

Même si ces mots signifiaient beaucoup, cela ne me paraissait pas si fou de les entendre. Mes sentiments s'étaient tellement développés depuis le temps que j'avais bien l'impression de l'aimer. Cependant, cela serait hors norme de se dire ces mots avant d'officialiser.

— Je vais te laisser alors, et si ça ne va pas, appelle-moi hein.

— D'accord, amuse-toi bien, Ralph, lui dis-je avant de raccrocher.

Je n'en revenais toujours pas qu'il m'ait dit « je t'aime », malgré le fait que c'était dans un contexte différent. Des papillons dans le ventre, j'essayai de lire un livre, en vain. Au bout d'un certain temps, j'entendis une clé entrer dans la serrure. Je vérifiai l'heure et constatai qu'il était à peine 21 h 30. Ce fut alors que je le vis se tenir à l'entrée, avec deux pizzas et un paquet de chips à la main.

— Salut Ruby, me dit-il en refermant la porte à clé.

— Bonsoir. Pourquoi es-tu de retour si tôt ?

— Premièrement, parce que tu n'as probablement toujours pas mangé et que je savais que tu ne comptais pas te nourrir, donc je suis passé prendre des pizzas.

— Mais t'aurais pu rester avec les autres un peu plus longtemps.

— Oui, mais deuxièmement, je suis rentré plus tôt parce qu'il y a quelque chose qui me trotte dans la tête.

— Et qu'est-ce que c'est ?

Il posa alors la nourriture sur mon bureau et vint s'asseoir à côté de moi.

— Je pensais à ce que j'ai dit plus tôt.

— Quoi ?

— Tout à l'heure, je t'ai dit « je t'aime toi » et sur le coup, j'ai paniqué et j'ai sorti que j'avais juste dit ça comme le font beaucoup de personnes, mais après, ça m'a tourmenté toute la soirée. Même si c'était accidentel, ça reste vrai. Et puis après, en y repensant, c'est pas grave si c'est pas réciproque, je voulais juste que tu saches que je t'aime Ruby.

Mon cœur rata un battement tandis que ma vue commençait à se brouiller avec l'accumulation de larmes.

— Arrête Ralph.

Il fronça les sourcils. Je posai ensuite ma main sur son buste et sentis que nos cœurs battaient aussi rapidement l'un que l'autre. Son regard se planta alors dans le mien. Je n'avais pas rêvé, il venait de me dire qu'il m'aimait. Ralph venait de me dire qu'il m'aimait. Je commençais à perdre le contrôle de ma respiration. Ma tête tourna brièvement, je n'arrivais plus à réfléchir, tout s'emmêlait tandis que des larmes ruisselaient le long de mes joues.

Il avait été là pour moi dans les périodes de tristesse et de bonheur. Certes, cela s'était fait assez rapidement, mais comment deux êtres passionnés étaient-ils supposés y aller doucement ? Je regardai alors ce garçon absolument magnifique aussi bien à l'intérieur qu'à l'extérieur, cet enfant blessé et tourmenté, et ne vis que mon ultime bonheur.

— Bien sûr que si, je t'aime, Ralph. Je t'aime complètement et éperdument. Tu es la personne que j'ai l'impression d'avoir attendue toute ma vie.

Nous nous enlaçâmes et je le serrai plus fort que je n'avais jamais serré quelqu'un. J'avais trouvé mon homme et je ne comptais pas le lâcher, jamais.

Épilogue

Ralph

— Ralph, c'est toi ? entendis-je Ruby crier alors que je refermais la porte d'entrée de notre appartement derrière moi.

— Qui d'autre aurait les clés pour déverrouiller les trois verrous installés à notre porte ?

Je me mis à rire tout en enlevant mes chaussures dans le couloir d'entrée pour ensuite me diriger vers notre chambre.

Ruby avait peur de ne pas être en sûreté dans notre nouvel appartement, donc j'avais pris le soin d'installer des verrous additionnels lorsque nous avions emménagé quelques mois plus tôt. Je la vis, assise par terre avec toutes ses notes éparpillées autour d'elle, comme quand je l'avais quittée plus tôt dans la journée, comme elle l'avait été durant toute la journée précédente, ainsi que les deux semaines qui avaient précédé. Elle avait une série d'examens qui l'attendait la semaine suivante et elle avait énormément travaillé.

Elle me sortit de mes pensées.

— Tu vas rester là à me fixer longtemps sans me donner un bisou ?

Mes lèvres s'étirèrent pour afficher un énorme sourire et je me penchai pour planter un long baiser sur ses douces lèvres.

— Alors, comment s'est passé ton repas avec Anna et ta mère ?

— Bien, enfin, tu les connais, toujours là à parler, si tu n'es pas présente, à dire comme c'est dommage que tu ne sois pas parmi nous et qu'elles espèrent te revoir vite.

Elle rit face à mon imitation plutôt réussie de la voix de ma sœur.

— Et tu m'as rapporté à manger ? me demanda-t-elle en défaisant son chignon.

— Oui, j'ai le sac…

Merde.

— Ruby, je suis tellement désolé, je l'ai oublié quand je faisais la bise à ma mère alors que j'y pensais…

— Mais non, rit-elle, ne t'inquiète pas, ce n'est pas grave, je me ferai des pâtes une fois que j'aurai fini de réviser ce chapitre.

— Mince, je suis tellement désolé Ruby, en plus je me disais que j'avais oublié quelque chose et argh…

Je m'assis sur le lit.

Elle se leva et se dirigea vers moi.

— Mais non, au pire je pourrai commander à manger.

Elle s'assit sur mes genoux et mit son bras droit autour de mon cou. Elle avait cette douce odeur de cannelle dont je ne pouvais me passer. Ses cheveux lui retombaient sur ses épaules, formant de fines vagues. Ses yeux cherchaient les miens et je les vis s'illuminer dès que je lui souris.

— Tu dois aller travailler ce soir ?

Elle fit une moue triste.

— Non, j'ai demandé congé pour la soirée.

J'attendis que son visage s'illumine comme la dernière fois que je lui avais annoncé ça.

Et ce fut le cas, son sourire s'étira.

— Mais pourquoi ? Tu sais que je dois travailler de toute façon.

— Oui, mais une pause après deux semaines de révision ne peut te faire que du bien.

Elle se leva de mes genoux avec une rapidité si surprenante que je fus étonné sur le coup.

— Tu as raison. Donc, je vais arrêter pour ce soir et on va manger !

— J'ai déjà mangé, lui dis-je en me levant à mon tour du lit alors qu'elle entassait ses notes dans un coin de la chambre.

— Parce que monsieur n'a plus faim ? T'es sûr de cela ? Pourtant, tu as toujours de la place pour une pizza, notre plat sacré.

Je ne savais pas comment cela s'était fait, mais nous nous étions rendu compte que c'était devenu le plat à défaut lorsque nous ne savions que manger. Cependant, Ruby surveillait que nous n'en dévorions pas plus d'une toutes les trois semaines.

— Bon d'accord, j'ai faim pour ça, lui dis-je en riant. Mais je ne peux pas en finir une tout seul, donc j'en prends une grande pour nous deux.

— Parfait.

Elle sortit de la chambre en me souriant.

Je commandai rapidement une Reine à la pizzeria d'à côté, avant de la rejoindre sur le canapé. Elle fixait la télévision, l'air inquiet, et partit dans ses pensées en transférant son regard sur le sol. Je portai mon attention sur les informations et je vis une grande banderole rouge au bas de l'écran annonçant la disparition inquiétante d'une jeune fille de treize ans.

Alors que la journaliste parlait d'enlèvement, Ruby éteignit immédiatement la télévision, le visage comme figé.

— Ruby ? la questionnai-je en m'asseyant prudemment à côté d'elle.

Son regard était vide, mais elle détourna rapidement la tête à l'opposé de moi. Je posai ma main sur son avant-bras et me mis complètement face à elle, en l'obligeant à me regarder.

— Ralph, me dit-elle d'un chuchotement étouffé.

— Tu la connais ?

— Non, pas elle, me répondit-elle en secouant doucement la tête.

— Pas elle ? Tu connais quelqu'un qui s'est fait enlever ?

Elle me regarda droit dans les yeux et je perçus de la peur soudaine, probablement due à ses souvenirs. Cette personne devait être quelqu'un d'extrêmement proche d'elle pour qu'elle ait été aussi traumatisée, au point de ne pas pouvoir en parler. Je vis qu'elle essaya de sortir quelques mots, mais elle finit par secouer sa tête en se mordant la lèvre.

— Mes cicatrices, finit-elle par me sortir après de longues secondes.

Elle allait enfin me dire la nature de ses cicatrices. Je ne l'avais plus questionnée depuis la première fois que je les avais vues, l'année précédente. Ainsi, à chaque fois que je les voyais et les sentais sous mes doigts, je me contentais de garder toutes ces questions qui me troublaient à l'arrière de mon crâne, respectant sa décision de ne pas en parler. Cependant, je ne voyais pas le lien avec ses cicatrices.

— Ruby, il ne fallait pas que tu te fasses du mal, tu n'avais pas à te sentir coupable, en aucun cas tu pouvais savoir.

Elle continua de secouer la tête avec insistance.

— Ruby, tu n'as pas à te sentir coupable, ce n'est pas ta faute, insistai-je.

Elle ne pouvait pas continuer à vivre avec cette culpabilité qui la rongeait. Je voyais bien qu'elle faisait des cauchemars, beaucoup trop souvent, où elle se réveillait effrayée. Je me rappelais qu'une fois, j'étais parti travailler dans le salon alors qu'elle dormait, et elle avait hurlé et pleuré, puis en la réveillant, elle m'avait dit qu'elle n'avait pas senti ma présence pour pouvoir sortir de son cauchemar.

Cependant, les matins, elle n'évoquait jamais ses cauchemars, comme si c'était une sorte de routine pour elle, alors que cela ne devrait pas l'être.

Mais à ce moment-là, je pouvais faire le lien, enfin, c'était ce que je croyais.

— Ralph, secoua-t-elle de la tête. Ce n'est pas ça du tout.

Je fronçai des sourcils, ne comprenant pas. Elle prit alors une grande inspiration et me raconta tout. Elle me raconta comment elle avait été enlevée et séquestrée, si jeune. Elle avait été battue constamment pendant deux semaines par un sadique. Elle me raconta que ses cicatrices étaient des coups de bâton et de ceinture. Elle me raconta qu'elle avait été rançonnée à ses parents. Elle me raconta qu'il n'avait pas tenu sa promesse après avoir été payé et l'avait gardée. Elle me raconta qu'un des voisins avait entendu des cris et avait appelé la police. Elle me raconta que son kidnappeur n'avait jamais été retrouvé. Elle me raconta qu'elle n'était plus retournée au collège, mais directement au lycée, en ayant continué son année à la maison.

Je me rappelai soudain de ces semaines-là, étant donné qu'elle était passée en boucle sur la télévision, mais elle avait tellement changé depuis, et son nom était resté anonyme. Je n'avais jamais fait le lien.

Elle n'en avait jamais parlé à quelqu'un. Elle n'avait jamais pu en parler à ses parents ni à sa psychologue. Elle se souvenait de ses mains grasses sur sa peau. Elle tremblait.

Je ne comprenais plus rien. Les mots coulaient devant mes yeux. Je pris quelques minutes pour tout assimiler. Entre-temps, je crus avoir entendu Ruby récupérer la pizza à la porte. Elle était revenue s'asseoir alors que j'étais encore dans un état de choc. Je ne pouvais plus bouger.

Comment avait-elle pu souffrir autant, et ne rien dire à personne, ne pas en avoir parlé une seule fois ?

Comment quelqu'un pouvait passer par tout ça, et réussir à sourire ainsi alors qu'elle n'avait jamais sorti ce poids, tout expliquer de A à Z, comme elle venait de le faire ?

J'avais mal pour elle. J'étais bien trop secoué pour pouvoir analyser les détails. Les grandes lignes étaient déjà de trop. Je sortis brusquement de cet état et levai petit à petit mon regard vers Ruby. Elle me regardait les yeux froncés, avec inquiétude, et peur.

— J-Je ne sais pas quoi dire, murmurai-je.

— Peut-être que ça ne changera rien entre nous ? Tu peux me dire que tu resteras à mes côtés ? Ou peut-être que tu as peur d'être avec quelqu'un qui a vécu un traumatisme pareil, je comprendrais. Enfin, mes cauchemars, oui j'en fais tellement et je ne sais même pas comment tu les supportes, et comment t'es aussi calme. Mais si tu veux partir, dis-le-moi, je…

— Ne dis pas n'importe quoi ! m'exclamai-je.

Peut-être que je n'aurais pas dû hausser le ton, mais je ne supportais pas de l'entendre raconter de telles âneries. N'avait-elle pas compris à quel point je l'aimais ?

— Ruby, je suis là pour t'aider à aller mieux. Je t'aime, d'accord ? En aucun cas je ne partirai et surtout pas pour ça ! Mais tu te rends compte ? La douleur avec laquelle tu as dû vivre toutes ces années, merde. Putain Ruby, il fallait en parler, il fallait que ça sorte…

Elle me regarda en esquissant un sourire.

— Qu'est-ce qu'il y a de drôle ?

Elle secoua la tête avant d'abaisser son regard.

— Je n'en ai jamais parlé à mes parents parce qu'ils doivent déjà avoir assez souffert et ils n'ont pas besoin de savoir ce qu'il m'a fait. Le docteur qui m'avait auscultée leur avait juste dit qu'il ne m'avait pas violée, mais qu'il m'avait battue, sinon, ils ne savent pas comment ni quand ni avec quoi. Et je n'en ai jamais parlé à quelqu'un d'autre parce que je n'ai jamais fait entièrement confiance à quelqu'un. Enfin, je fais confiance à Rachel, mais elle n'avait pas besoin de tout savoir. Elle avait vu les infos, et était là quand j'ai retrouvé mes parents, mais je ne lui en ai jamais parlé, et je pense qu'elle n'a jamais vraiment voulu savoir, elle avait vraiment eu peur, elle pensait m'avoir perdue à tout jamais, et je peux te dire que notre lien, c'est juste un lien imbrisable, donc je n'ose même pas imaginer dans quel état elle avait pu être. En tout cas, quand je l'ai revue, son visage disait tout : elle n'avait ni dormi ni mangé. Et pour ma cousine, elle était dans le pire des états aussi. Je ne peux imaginer ce que mes proches avaient vécu. Et puis, j'ai appris à vivre avec cette douleur constante, et à avancer en souriant. Il faut bien continuer de vivre, et j'ai eu raison de le faire, parce que maintenant, je souris sincèrement. Je t'ai trouvé, et je suis heureuse à tes côtés, alors que je ne pensais vraiment pas que je pourrais l'être un jour. Je ne demande rien de plus, je suis heureuse, j'ai survécu à cet enfer, et ça m'a rendue plus forte que jamais.